Wenn Oma und Opa erzählen

AF237550

Christa Bohlmann

Wenn Oma und Opa erzählen

Bibliografische Information der Deutschen Bibliothek:
Die Deutsche Bibliothek verzeichnet diese Publikation in
der Deutschen Nationalbibliografie; detaillierte Daten
sind über
<http://dnb.ddb.de> abrufbar.
Titelfoto und Bearbeitung der Fotos: Alfred Rozenvalds
Herstellung und Verlag: BoD - Books on Demand
Norderstedt
ISBN 978-3-7528-8521-7
www.bod.de

Inhalt   Seite

Vorwort

Als ich mich im letzten Jahr in die 50er und 60er Jahre zurückversetzt fühlte und meine Gedanken im Buch „Als Oma noch Kind war" festhielt, habe ich scheinbar viele Menschen angesteckt. So jedenfalls die Reaktion der Leser, denn auch sie tauchten gedanklich in ihre Vergangenheit ein und berichteten mir begeistert von ähnlichen Erlebnissen aus dieser Zeit.

Weil mir noch so viele Erinnerungen an diese Zeit im Kopf blieben, entschloss ich mich, ein weiteres Buch zu schreiben. Dafür erfand ich ein Ehepaar und ließ Hella und Udo erleben, was häufig typisch oder prägend für die 50er und 60er Jahre war.

Im Buch „Wenn Oma und Opa erzählen" habe ich Erdachtes, Erlebtes und Erlauschtes miteinander vermischt.

Ähnlichkeiten mit lebenden oder bereits verstorbenen Personen wären rein zufällig. Ähnlichkeiten mit Erlebnissen aus meiner Zeit als Teenager oder junge Mutter will ich nicht leugnen.

Mein Dank gilt wieder meinen Helfern:

Alfred, zuständig für die Fotos
Biene, Heinz und Rosi,
meinen Korrekturlesern
Eckhard, meinem technischen Berater

Ein besonderes Vergnügen war es wieder, mit meiner Schwester Rosi die Fehlerchen auszumerzen, denn wir treffen dabei im Text häufig auf gleiche Erinnerungen.
Wir sind eben aus einem Töpfchen!

Udo und Hella

Es war wieder ruhig im Haus. Der Besuch war nach Udos 75. Geburtstag abgereist: sein Sohn Michael mit Frau Sabine und seine Tochter Andrea mit ihrem Mann Stefan, die drei Enkel Benjamin, Nina und Amrei mit Mann beziehungsweise Frau oder Freund und sogar die erste kleine Urenkelin Tilda.

Udo hatte seine Frau Hella tatkräftig dabei unterstützt, die gewohnte Ordnung im Haus wieder herzustellen. Geschirr und Gläser standen spiegelblank im Schrank, die Speisereste waren im Gefrierschrank verstaut, die Betten der Besucher waren abgezogen und die Waschmaschine hatte vorübergehend Dauerbetrieb übernehmen müssen. Alle zusammen konnten nicht in den früheren Kinderzimmern untergebracht werden, aber immerhin sechs von ihnen hatten im Elternhaus übernachtet.

Der Trubel war vorüber und der Alltagstrott lag vor ihnen. Vor 52 Jahren hatten Udo und Hella geheiratet. Sie erinnerten sich oft und gern an die gelungene Feier ihrer Goldenen

Hochzeit. Mehr als fünfzig Jahre, die wie im Flug vorüber gegangen waren. Auch für die beiden hatte es reichlich Hochs und Tiefs gegeben, aber was auch immer für Probleme zu bewältigen waren – sie hatten zueinander gestanden.

Jetzt genossen beide ihren Ruhestand und versuchten, das Beste aus ihrem gemeinsamen Leben zu machen. So ganz fit waren sie nicht mehr: Vor drei Jahren hatte Udo einen Herzinfarkt und jetzt sorgte ein Schrittmacher für geordnete Herzensangelegenheiten. Für die medizinischen! Das war damals ein großer Schock für Hella, die sehr glücklich war, dass alles noch glimpflich ausgegangen war. Sie selbst litt unter Arthrose in den Gelenken und ertrug meist geduldig die Schmerzen. Manchmal reichte die Geduld nicht und sie wollte schier verzweifeln.

Das Abendessen nahmen Hella und Udo meist gegen 18 Uhr ein. Danach wurde noch einmal „klar Schiff" in der Küche gemacht und spätestens zur Tagesschauzeit saßen sie gemütlich vor dem Fernseher.

Spiele

Dann passierte etwas, das Abwechslung in ihr Leben bringen sollte. Im Wohnzimmer türmte sich noch ein Stapel Spiele auf, mit denen sich die Kinder und Enkel beschäftigt hatten. Spiele aus Michaels und Andreas Kinderzeit: Mensch ärgere Dich nicht, Halma, Mühle, das Hütchenspiel, Shogun, Kniffel, Monopoly, Memory und einige mehr.

„Lass uns mal ne Runde spielen", schlug Hella vor. So ganz begeistert schien Udo nicht, doch er ließ sich breitschlagen und sie spielten nach dem Abendessen eine Runde Shogun.

Dann noch eine, denn der Verlierer sollte ja die Chance zur Revanche bekommen.

Scheinbar hatte es Udo doch Spaß gemacht, denn er schlug vor, das Shogun-Spiel als unterstes zu platzieren und morgen mit dem nächsten oben liegenden Spiel fortzufahren.

„Wir probieren jeden Tag ein anderes aus, bis wir alle durch haben", meinte er. Schmunzelnd fügte Hella hinzu:

„Wenns uns danach immer noch Spaß macht, fangen wir wieder von vorne an."

Und so ergab es sich, dass Hella und Udo möglichst jeden Abend die Zeit zwischen Essen und Tagesschau für ein paar Spielchen nutzten. Hella hatte noch ein dickes Sparschwein gefunden und sie schlug vor, um Geld zu spielen.

„20 Cent für ein verlorenes Match sind doch nicht zu viel, oder was meinst du?" Obwohl er das ziemlich lächerlich fand, stimmte Udo grinsend zu. Ihm war aufgefallen, dass das Memory-Spiel täglich wieder nach unten gewandert war, obwohl es längst an der Reihe gewesen wäre. Und er hakte nach:

„Sag mal, schiebst du das Memory immer wieder nach unten?"

„Jetzt hast du mich aber ertappt. Ja, das habe ich schon früher nicht gerne gespielt. Da habe ich immer verloren, weil ich mir nie merken konnte, wo sich die Kärtchen mit den passenden Symbolen verbargen. Ich mag das nicht, wir sollten es verschwinden lassen oder im Tüdelladen abgeben. Es ist ja noch wie neu."

„Kannst du machen, aber erst spielen wir noch einmal damit. Heute Abend – einverstanden?"

Petticoat

Wortlos nickte Hella dazu. Beide verdeckten die Memory-Karten und vermischten sie auf dem großen Tisch. Nacheinander begannen sie, die Kärtchen aufzudecken, um zwei mit denselben Symbolen herauszufinden. Hella zeigte ihre Unlust durch hörbares Gähnen. Dann hatte sie tatsächlich das erste Pärchen gefunden: ein buntes Röckchen, weißgrundig mit lauter Marienkäfern darauf. Plötzlich schien sie wie durch einen Zauber wieder munter geworden zu sein, denn dieses Röckchen erinnerte sie an eins, das sie als junges Mädchen getragen hatte. Eins, von ihrer Mutter genäht. Damals war sie wohl 13 oder 14 Jahre alt. Aufgeregt erzählte sie Udo davon und beschrieb den Petticoat, den sie dazu getragen hatte.

„Auch den hatte Mutti mir aus alten Betttüchern genäht. Er war dreistufig und hatte unten eine Spitze. Die untere Lage hatte eine unglaubliche Weite. Manchmal trug ich sogar zwei davon übereinander. Nach der Wäsche wurden die Petticoats ordentlich gestärkt und gebügelt und die Röcke oder Kleider standen wie eine 1!"

„Ja", fügte Udo hinzu, „das war eine schöne Mode. Schmale Taille, breite Gürtel, weite Röcke, Pferdeschwanz und Rock'n Roll tanzen, das gehörte zusammen."

Hella und Udo stellten fest, dass sie durch den Altersunterschied von vier Jahren nicht die gleichen Erinnerungen an die 50er und 60er Jahre hatten. Die Zeit der Rockmusik hatte Udo in bester Erinnerung, doch Hella war damals noch zu jung dafür. Als sie mit 15 einen Tanzkurs besuchte, da lernte sie vor allem die Standard-Tänze. Rock'n Roll, Twist und ähnliche Tänze wurden in diesem Kurs nur am Rand vermittelt.

Diese Memory-Kärtchen mit dem Marien-käfer-Röckchen lieferten eine ungeahnte Menge Gesprächsstoff für Hella und Udo.

„Ich erinnere mich noch an einen Sonntagvormittag. Ich musste als Vor-Konfirmandin zum Kindergottesdienst und wähnte mich in der letzten Reihe sitzend. Es war ein warmer Tag und ich trug eine weiße ärmellose Bluse, dazu einen weiten Sommer-rock mit dem damals modernen Petticoat.

Als der Pastor zum Ende kam und wir uns zum Gebet erheben mussten, blieb ich nach dem „Amen" noch ein Momentchen stehen um meine Kleidung zu richten. Dazu gehörte, mit den Händen zwischen Rock und Petticoat die Blusenenden zu fassen, um die Bluse straff zu ziehen, denn das betonte die Wespentaille. Der nächste Griff ging dann unter die Leinen-Unterröcke, um sie aufzubauschen, falls sie sich nach dem Sitzen auf der Kirchenbank platt gesessen hätten. Plötzlich hörte ich ein leises Hüsteln hinter mir und drehte mich erschrocken um. Ein Mitkonfirmand war mit Verspätung zum Gottesdienst gekommen und hatte meine Aktionen unter dem Rock aus nächster Nähe gesehen. Meine Güte, wie habe ich mich geschämt."

Bevor sie die Unterhaltung beendeten, denn es ging auf 20 Uhr, setzte Hella noch einmal nach. Damals habe ich die „Stadtmädchen" beneidet, die einen Petticoat aus steifem Perlon-Material trugen. Nichtwissend, dass unsere Röcke viel mehr wippten als die anderen, wünschte ich mir bei nächster Gelegenheit auch so ein künstliches

Monstrum. Wie sich beim Tragen herausstellte, konnte es ganz schön kratzig sein"

„Schade, dass die Zeit schon vorbei ist, zum Thema Tanzstunde gäbe es auch noch viel zu erzählen, aber das machen wir demnächst", meinte Hella und schaltete den Fernseher an. Und auf die nächste Spiel- und Plauderstunde freuten sich schon beide.

Beim Doktor

Hella hatte eine Idee – heimlich drehte sie alle Memorykärtchen um, so dass diese mit der Bildseite vor ihr lagen. Tatsächlich, da lag noch allerhand Gesprächsstoff drin. Sie wollte eine Portion weiblicher List einsetzen und ihren Udo davon überzeugen, auch nach dem nächsten Abendessen Memory zu spielen. Memory – das Spiel, das sie im Grunde gar nicht mochte.

Mit dem Kniffel-Spiel in der Hand kam Udo an den Tisch, während Hella noch die letzten Krümel entfernte.

„Och nee", meinte sie, als sie Udo mit dem Spiel sah, das er gerade vorbereiten wollte.

„Lass uns lieber noch einmal Memory spielen, damit sind wir ja gestern nicht weit gekommen. Haben doch gleich nach dem ersten Pärchen aufgehört."

„Ich denke, du magst es nicht. Aber wie du meinst. Wie immer – dein Wunsch ist mir Befehl", meinte Udo kopfschüttelnd und holte das gewünschte Spiel. Es dauerte nicht lange, bis Udo zwei passende Kärtchen gefunden hatte: einen Arzt im weißen Kittel mit Stethoskop in der Hand.

Ja, diese Karten luden wieder zu Erinnerungen aus der Kinderzeit ein.

„Was hat sich doch alles geändert", eröffnete Hella die heimlich geplante Gesprächsrunde.

„Beim Doktor ist es auch nicht mehr so wie früher. Ich erinnere mich an unseren Hausarzt in meiner jüngsten Kinderzeit. Der hatte eine so laute Stimme, dass meine größere Schwester Antje sich vor Angst immer hinter einem großen Rhabarberbusch versteckte, wenn er kam. Mein Vater hatte ja ein Motorrad und das wusste der Arzt. Mit seiner lauten Art polterte er eines Tages durch die Haustür und fragte, ob mein Vater zuhause sei. Er müsse dringend zu einem Patienten im Nachbarort. Doch diesen Satz sprach er nur halb aus, denn er hatte den Duft von frisch gebackenen Kartoffelpuffern in die Nase bekommen. Mit Selbst-verständlichkeit wurde er an den Tisch ge-beten und er verschlang mit großem Appetit diverse Puffer mit frischem

Apfelmus, bevor mein Vater ihn auf dem Sozius zu seinem Notfall brachte."

Udo grinste und erinnerte sich: „Wenn wir früher erkältet waren oder gar eine Grippe hatten, wurden erstmal die alten Hausmittel eingesetzt. Das Fieber wurde mit Brust- und Wadenwickeln bekämpft oder auch mit heißem Holunderbeerensaft. Und zum Hustenlösen gab es heiße Milch mit Butter und Zucker. Die heiße Milch hatte eine so dicke Haut, dass der Zucker drauf liegen blieb. Für mich war das einfach nur eklig." Bei der Erinnerung daran schüttelte Udo sich.

„War da nicht noch etwas mit heißen, gestampften Kartoffeln, die zwischen Leinentüchern auf die Brust gelegt wurden? Und so eine Masse aus gekochten Zwiebeln mit Honig gegen Husten? Erst wenn all diese Mittel nicht halfen, wurde nach ein paar Tagen der Arzt um einen Hausbesuch gebeten."

„Falls jemand einen wässrigen Schnupfen hatte, trocknete er die nassen Taschentücher auf der Herdstange und benutzte die Tücher weiter, nachdem sie getrocknet waren. Igitt! Sicher hing gleich nebenan das Tuch eines anderen Familienmitglieds. Überschrift: Ansteckung leicht gemacht! Aber das alles haben wir gut überstanden, oder? Tempotaschentücher waren noch ein Luxusartikel."

Es war erstaunlich, wie viele Erinnerungen ihnen in den Sinn kamen. Offensichtlich war es ein Vergnügen, diese auszutauschen. Meistens ging es dabei um Erlebnisse aus ihrer Kinderzeit und welche, die sie als Jugendliche gehabt hatten.

Hella fiel noch etwas zum Thema „Doktor" ein:

„1952 lag ich wegen einer schlimmen Nierengeschichte ein paar Wochen im Krankenhaus. Mein Bettchen stand mitten in einem Krankensaal, in dem zwölf Betten belegt waren. Kranke Frauen mit allerhand Gebrechen kümmerten sich teilweise auch um mich. In diesem Saal gab es zwei riesengroße helle Lampen unter der Decke, eine davon hing genau über meinem Bettchen. Mehrfach klingelten nachts die Patientinnen und ich wurde gnadenlos von dem lauten Geräusch des Knipsschalters und dem hellen Licht der Lampe über mir geweckt.

Ich hatte richtig schlimmes Heimweh, obwohl sich die Schwestern rührend um mich kümmerten. Ich bekam salzfreie Kost, die mir zunächst gar nicht schmecken wollte, aber dann gewöhnte ich mich doch daran. Am besten schmeckte mir Kartoffelbrei mit brauner Butter. Zweimal in der Woche hatte ich Obsttag und man reichte mir Apfel- und Apfelsinenspalten wie eine Rosette auf den Teller gelegt.

Meine Mutter hatte festgestellt, dass ich nicht gerade im Gitterbett liegen konnte, weil es zu kurz war. Ich konnte nur diagonal auf dem Rücken oder mit angewinkelten Beinen auf der Seite liegen. Mutti beschwerte sich, fand aber zunächst kein Gehör beim Arzt. Schließlich kam er mit einem Zollstock, maß erst mich und dann das Bett. Noch am gleichen Tag durfte ich in einem etwas größeren Bett schlafen."

Liebevoll strich Udo über Hellas Arm, um sein Mitgefühl zu bekunden.

„Wie gut, dass das heute in unserem Land wohl nicht mehr passieren kann. Wie hat sich die Zeit doch verändert."

Hella erzählte weiter:

„Jeden Donnerstagnachmittag machte der Hausarzt einen Besuch, manchmal brachte er auch seine Frau mit, die gleichzeitig seine Sprechstundenhilfe war.

Seine einzige! Meistens spendierte meine Mutter eine Tasse Kaffee und ein Stück selbstgebackenen Kuchen. Etwas Obst oder Gemüse, frisch aus dem Garten, wurde gern von „Doktors" mitgenommen.

Der Doktor legte dann den Rezeptblock vor sich, breitete schreibbereit die Ellbogen auf dem Tisch aus und fragte, was es denn sein dürfe.

Oma und Opa waren alt und krank und sie benötigten regelmäßig ihre Medikamente.

Mutti wegen ihrer Migräne und Vati wegen seiner Rückenprobleme mussten ebenfalls versorgt werden. Sollte sich bei einem aus der Familie ein neues gesundheitliches Problem eingestellt haben, so lachten wir immer über seinen Spruch: ‚Das kriegen wir schon wieder hin.' Aus heutiger Sicht war dieser Satz gar nicht schlecht, denn er nahm uns die Angst, es könne sich um eine ernsthafte Krankheit handeln."

„Auch der frühere Hals-Nasen-Ohrenarzt hatte seine Frau als Sprechstundenhilfe in der Praxis. Sicher hatten die Ärzte damals noch nicht so viel Papierkram zu erledigen und sie kamen mit einer Helferin aus. In seinem Behandlungsraum war es immer ziemlich schummrig. Wohl deshalb trug der Arzt so eine Stirnlampe, die ihn sehr entstellte. Der Werner erzählte mal, dass er wegen starker Ohrenschmerzen dort war. Werner saß auf dem drehbaren Behandlungsstuhl. Der Doktor schaute erst in das gesunde Ohr, packte ihn dann am schmerzenden Ohr und drehte den armen Werner samt Stuhl in die richtige Position."

Ausgiebig wurde Werner von beiden wortreich bemitleidet.

„Weißt du überhaupt, wie spät es ist?" fragte Udo als er sah, dass sie an diesem Abend die Tagesschau verpasst hatten. Wenn er ehrlich war, machte ihm das abendliche Plauderstündchen richtig Spaß.

Traum vom Fliegen und von Hawaii

Am nächsten Abend saß Udo über die Tageszeitung gebeugt und befasste sich intensiv mit den Fußball-News. Meistens hörte und sah er dabei nichts anderes und rein gar nichts konnte ihn aus der Ruhe bringen.

Hella bereitete in der Küche das Abendessen vor, an diesem Tag ein ganz besonderes, mit dem sie ihren Udo überraschen wollte.

Alles was sie dazu gebrauchte, hatte sie am Vormittag besorgt oder aus den hinteren Regionen der Schränke hervorgekramt. Sie hatte den Tisch mit dem alten Elfenbein-Geschirr gedeckt, das sie von ihrer Großmutter geerbt hatte. Es wurde schon lange nicht mehr benutzt und Hella hatte alle Teile erst einmal gespült. Mit der Hand natürlich, denn der Goldrand vertrug sich bestimmt nicht mit dem Geschirrspüler. Ein Strauss rosa Nelken in einer ebenfalls elfenbeinfarbenen schlanken Vase stand schon auf dem Tisch.

Hella hatte sich diebisch gefreut, als sie auf der Suche nach Relikten der

50er und 60er Jahren auf den weiß-roten Partypilz stieß, den sie mit Käsewürfeln bestückt hatte. Obenauf hatte sie entweder eine Olive oder eine Weintraube platziert.

Hella hatte hartgekochte Eier mit einem Käppchen aus einer Tomatenhälfte versehen und darauf winzige Pünktchen aus Majonäse gesetzt, so dass sie wie Fliegenpilze aussahen. Fünf Pumpernickelscheiben hatte sie mit Käse belegt und übereinander gestapelt. Davon schnitt sie mundgerechte Würfel: Aufgesetzte Kellerstufen hatte ihre Mutter früher zu diesen pikanten Häppchen gesagt.

Hella schaute auf die Uhr – es war an der Zeit, den Hawaii-Toast in den Backofen zu schieben.

Sie stellte sich gerade Udos Augen beim Anblick dieser Überraschungen vor. Schnell noch rieb Hella den Rand der schmalen Longdrinkgläser mit Zitronensaft ein und steckte ihn vorsichtig in feinen Zucker, der sich da absetzte. Die Gläser waren jetzt bereit für einen Lufthansa-Cocktail. Sie hatte noch mal nachgeschaut, falls Udo sie fragen sollte. Diesen Cocktail gab es seit 1955, er wurde auf Lufthansaflügen angeboten und erinnerte damals an das Leben der Schönen und Reichen: Orangen- und Aprikosenlikör mit Champagner aufgefüllt.

Der verführerische Duft von Hawaii-Toast ließ Udo aufmerksam werden und er legte die Zeitung beiseite. Er staunte nicht schlecht, als er den gedeckten Tisch sah und nahm seine Hella fest in den Arm.

Zunächst machten sie nicht viel Worte und genossen ihr ungewöhnliches Abendessen. Aber danach hatten sie wieder viel Gesprächsstoff und erinnerten sich an die alten Zeiten. Gespielt haben sie an diesem Abend nicht mehr. Udo überlegte schon, womit er seine Hella überraschen könnte. Ihm würde schon etwas einfallen – früher oder später.

Schlager-Hits

Sobald der Abendbrottisch abgeräumt war, kramte Udo in der „Spiel-Ecke" herum, griff dann doch nach dem Memory-Spiel und schaute Hella fragend an. Die nickte und mischte schon bald die verdeckten Kärtchen auf dem Tisch. Sie selbst war es, die zuerst ein passendes Kartenpärchen in Händen hielt: eine Gitarre.

Anlass, sich an die Schlager der 50er Jahre zu erinnern und das Kartenspiel war schnell vergessen. Mit tiefer Stimme mimte Udo Ivoc Robic mit dessen Titel „Morgen" und weil er nur noch ein paar Zeilen davon im Kopf hatte, löste Hella ihn ab und sang Schlager von Margot Eskens „Tiritomba" und „Cindy, oh Cindy".

„Das alte Haus von Rocky Docky" von Bruce Low kam Udo in den Sinn und er schmetterte gleich los.

„Das war doch auch die Zeit von Peter Alexander, oder?", fragte Hella.

Ein paar alte Titel fielen ihnen spontan ein, die sie gemeinsam anstimmten: „Der Mond hält seine Wacht" und „Ich weiß, was dir fehlt". Den ganzen Text kannten sie nie, aber ihnen reichten ein paar Zeilen und der Refrain, Hauptsache die Melodie stimmte.

„Wart mal eben", stoppte Udo. „Ich komm gleich wieder". Das tat er auch, allerdings mit einer Flasche Rotwein und zwei Gläsern in der Hand.

„Wir sind schon Zwei, Rotwein vor der Tagesschau! Aber schenk man ein, worauf wartest du?"

„Ich weiß noch einen – Vico Torriani!" Udo stimmte an „Siebenmal in der Woche" und prostete Hella strahlend zu.

Die konterte gleich mit Schlagern von Catarina Valente: „Ganz Paris träumt von der Liebe", „Steig in das Traumboot der Liebe", „Komm ein bisschen mit, nach Italien" und „Tipitipitipso".

„Sie hat doch häufig mit ihrem Bruder gesungen, wie hieß der noch?" Nach längerem Überlegen kamen sie auf dessen Namen: Silvio Francesco.

Tänzelnd ging Udo immer ein paar Schritte vor und zurück, wedelte etwas mit den Hüften und sang: „Gehn sie mit der

Konjunktur", in Erinnerung an das Hazy Osterwald Sextett.

„Marina" von Rocco Granata durfte natürlich nicht fehlen. Und weil Italien in den Schlagern der Fünfziger oft eine Rolle spielte, sangen sie gleich danach die „Capri-fischer" von Rudi Schuricke.

Beim nächsten Zuprosten sangen sie „Rote Rosen, rote Lippen, roter Wein" von René Carol.

Dann wurde es maritim und Hella versuchte es mit der Stimme von Lolita: „Seemann, deine Heimat ist das Meer" und danach erinnerte sie an Lale Andersen und ihren Schlager: „Ein Schiff wird kommen".

Udo sang mit seufzender Stimme Freddys „Heimweh".

Wohl selten gab es ein anderes Ehepaar, das sich kurz vor der Goldenen Hochzeit so strahlend in den Armen lag.

Hoch lebe das Memory-Spiel.

Noch mehr Musik

Schon am Frühstückstisch hakte Hella nach: „Letzte Nacht war ich häufig wach und hab über unser gestriges Nostalgie-Stündchen nachgedacht. Weshalb kamen uns nur die ziemlich schmalzigen Titel aus den 50er Jahren in den Kopf?"

„Das kann ich dir wohl erklären: Das waren alles Schlager aus unserer Kindheit. Aus der Zeit, als wir die Musik von unseren Eltern vorgesetzt bekamen. Hattet ihr damals schon einen Plattenspieler?"

„Ja, da mag ich zwölf gewesen sein. Die erste Platte war von Friedel Hensch und den Cyprys."

„Das alte Försterhaus – war das doch sicher. Schmalz pur!"

„Ja, und die zweite Platte war von Freddy Quinn – Junge, komm bald wieder. Bald gesellte sich der River Kwai March dazu."

Udo hatte eine Idee: „Jeder kann sich doch im Laufe des Tages Gedanken machen und wir machen heute Abend weiter mit der Musik, die unserem gemeinsamen

Geschmack entsprach. Erst mal nur deutsche Titel. Was hältst du davon?"

Hella fand Udos Vorschlag super und schon ratterte es in ihrem Kopf. Sie machte sich einen Spickzettel und verwahrte ihn in ihrer Hosentasche.

Mit siebzehn hatte sie ihren Udo kennen und lieben gelernt. Vor ihm hatte sie einen Freund, den sie sehr mochte. Außer Händchenhalten und Küsschengeben war mit ihm nichts geschehen. Doch dann kam Udo, sah und siegte und der etwas schüchterne Frank war schnell vergessen.

Als Hella achtzehn oder neunzehn war, besuchte sie mit ihrem Udo am Samstagabend häufig ein Tanzlokal, in dem eine Live-Band spielte. Doch als Hella zwanzig war, wurde das Leben ernst und vorbei war die Zeit ihrer Träume. Hellas Eltern mussten noch die Zustimmung zur Hochzeit mit Udo geben, weil sie noch nicht volljährig war. Sie war schwanger und Udo sollte Vater werden. Das junge Paar wohnte zunächst bei Hellas Eltern, die auch auf Klein Michael aufpassten, wenn die junge Mutter bei der Arbeit war. Es war zwar nur eine Halbtagsbeschäftigung, aber es kam noch eine Fahrzeit von gut drei Stunden dazu.

Obwohl Hella und Udo noch sehr jung waren, träumten sie vom eigenen kleinen Häuschen. Sie setzten ihre Träume in die Tat um und Udo packte auf dem Neubau kräftig mit an, wann immer es seine Freizeit zuließ.

Zum Ausgehen oder für andere Vergnügungen fehlten sowohl Zeit als auch Geld. Es waren harte Jahre, aber die schmiedeten die beiden zusammen. Andrea war auch nicht gerade ein Wunschkind. Als sie geboren wurde, war Michael erst gut zwei Jahre alt.

Es war eine unglaublich harte Zeit für das damals junge Paar. Gemeinsam gingen sie durch dick und dünn. Als die Antibaby-Pille auf den Markt kam, kam sie ihnen recht gelegen, denn ihr Häuschen bot nur Platz für zwei Kinderzimmer.

All das ging Hella am Vormittag durch den Kopf, bevor sie sich auf die Schlager konzentrierte.

Auf ihrer Hitliste stand im Hochzeitsjahr 1966 natürlich der Titel von Roy Black: „Ganz in weiß". Auf ihren Spickzettel schrieb Hella weiter: „Mit 17 hat man noch Träume" von Peggy March, „Liebeskummer lohnt sich nicht, my darling" von Siw Malmquist, „Rote Lippen soll man küssen" von Cliff Richard und „Die Liebe ist ein seltsames Spiel" von Conny Francis.

Als sie zum Einkaufen fuhr, räumte sie erst einmal die Schlagergedanken beiseite, konzentrierte sich aufs Autofahren und plante den Einkauf für das Mittagessen. Nachdem sie zufällig eine Freundin getroffen und mit einer Nachbarin geplaudert hatte, war sie in Gedanken weit ab von alten Schmusesongs.

Natürlich hatte sich auch Udo seine Gedanken gemacht und er erinnerte sich an ganz andere Titel, die er schon einmal anstimmte, weil er sich alleine fühlte: „Da sprach der alte Häuptling der Indianer" und „Sauerkrautpolka" von Gus Backus, dem man damals nachsagte, dass er kaum ein Wort deutsch sprechen würde. Weiter von Billy Mo „Ich kauf mir lieber einen Tirolerhut" und von Bill Ramsey „Pigalle" und „Zuckerpuppe". Er erinnerte sich an die Sängerinnen Wencke Myhre, Alexandra und

Nana Mouskouri und er sang nacheinander deren Schlager: „Beiss nicht gleich in jeden Apfel", „Zigeunerjunge", „Mein Freund, der Baum" und „Weiße Rosen aus Athen".

In Erwartung einer wunderschönen Stunde setzten sich beide nach dem Abendessen auf die Couch:

„Sieh mal: Oma und Opa, sitzen auf dem Sofa…", alberte Udo.

Dann klingelte das Telefon, Andrea meldete sich und hatte sich wohl auf ein längeres Telefonat eingestellt. Über solche Gelegenheiten hatte sich Hella früher immer riesig gefreut, denn sie genoss es, dass ihre Tochter sie mit Neuigkeiten aus der Familie auf dem Laufenden hielt.

„Hast du was?" Andrea schien irritiert, denn sie meinte, ihre Mutter sei nicht ganz bei der Sache, womit sie auch Recht hatte. Hella konzentrierte sich dann doch auf das Gespräch und ließ an diesem Abend ihren Udo allein auf dem Sofa sitzen. Schließlich durfte sie ihrer Tochter nicht gestehen, dass der Anruf nicht gerade willkommen sei, weil sie lieber Vergangenheitserinnerungen austauschen wollte.

Kirche

Am nächsten Abend klärten Hella und Udo, ob sie nun in ihrem Dämmerstündchen mit dem begonnenen „Musikprogramm" weitermachen sollten, auf das sich ja beide schon vorbereitet hatten oder ob sie sich mit einem neuen Thema beschäftigen sollten. Sie entschieden dann doch, weiter Memory zu spielen, bis einer ein passendes Kartenpärchen gefunden hatte.

Es dauerte ein Weilchen, bis Udo erfolgreich war, denn er deckte zwei bunte Pappen mit einer Kirche auf.

Thema Kirche also an diesem Abend! Beide waren in derselben evangelisch lutherischen Kirche getauft und konfirmiert worden und hier hatten sie sich auch ihr Ja-Wort gegeben. Mein Gott, wie weit lag das zurück. Andererseits kam es ihnen manchmal vor, als sei es erst gestern gewesen.

Zu ihrer Taufe konnten beide nichts sagen, doch es gab wenigstens ein Foto von Udo im Taufkleidchen. Ein Foto mit weißem gewelltem Rand, schwarz-weiß natürlich. Hella hatte sogar noch ihren Taufspruch.

Sie erinnerten sich an den Vorkonfirmanden- und Konfirmandenunterricht. Zwei Jahre lang gab es wöchentlich Unterricht beim Herrn Kantor und im zweiten Jahr beim zuständigen Herrn Pastor. Sie hatten zahlreiche Gebete, die Gebote und kirchliche Liedertexte auswendig lernen müssen. Udo hatte das damals wohl nicht so ganz ernst genommen und manchen Blödsinn mit den anderen Jungen verzapft. Dagegen hatte Hella das anders gesehen und brav gelernt.

Gern erinnerten sich beide an ihre Konfirmation, vor allem an die Geschenke.

Im Jahr 1957 wurde Udo konfirmiert.

„Ich bekam vier Taschenmesser, drei Paar Hosenträger und ein paar karierte Hemden, die viel zu groß waren. Ach ja, diverse Geschenkpackungen mit drei Taschentüchern gab es auch. Aber vor allem bekam ich Geld, immer mit dem Verwendungszweck: Für dein Moped. Das kam erst aufs Sparbuch, denn Moped fahren durfte man erst ab 16."

Hella erinnerte sich und sah nicht gerade zuckersüß dabei aus.

„Ich weiß nicht mehr, wie viel Blumenpötte ich bekommen habe. Gloxinien und vor allem Hortensien standen auf dem Gabentisch. Daran hat eine Vierzehnjährige nicht unbedingt große Freude. Mein Opa pflanzte die Hortensien in den Vorgarten und lange Jahre lang mochte ich diese Blumen überhaupt nicht. Heute habe ich wieder Freude an den prächtigen Hortensien. Mehr freute ich mich über Unterwäsche-Garnituren und eine Strumpfmappe, über Briefpapier und über ein paar Geldgeschenke."

Udo bewunderte seine Hella, weil sie sich noch an so viele Details erinnern konnte. Die fuhr fort:

„Das Schönste war, dass ich von Kopf bis Fuß neu eingekleidet wurde. Zum ersten Mal durfte ich Perlonstrümpfe tragen, die an einem neckischen Strumpfhalter befestigt wurden. Das Unterhemd hatte ein eingearbeitetes Büstenteil – ich war also auf dem Weg, ein kleines Fräulein zu werden. Ein neues Kleid für die Prüfung in der Kirche am Sonntag vor dem Tag der Konfirmation und ein schwarzes für den großes Ehrentag bekam ich, wie die meisten

meiner Mitkonfirmandinnen. Mantel, Schuhe
– alles war neu.

Mein Vater hatte sogar einen Koch
engagiert, der Mutti in der Küche unter-
stützte. Ich weiß noch, dass er drei
verschiedene Sorten Eierstich in die
Hühnersuppe brachte: Den normalen gelben,
dann grünen, mit Kräutern gefärbt und roten
Eierstich, der durch Paprika eher rot als gelb
aussah. Er zauberte noch allerhand Köst-
lichkeiten, die sehr schön anzusehen waren
und lecker schmeckten."

Das nächste Thema war natürlich ihre
Hochzeit. Nach einem guten Realschulabschluss hatte Udo seinen Wunsch
durchsetzen können: Er trat die Lehre bei
einem ansässigen Zimmermeister an. Holz
war Udos Element – sein Leben lang. Als
Hella ihren Udo zum ersten Mal bei Ihren
Eltern vorstellte, meinte ihre Mutter:

„Wieso willst du gerade einen Handwerker.
Du musst immer dreckige Arbeitsklamotten
waschen. Such dir doch einen Beamten oder
einen von der Bank!"

Hartnäckig versuchte Hellas Mutter, ihr den
Traummann auszureden.

So einen wollte Hella nicht, sie hielt zu ihrem Udo. Als Hella dann schwanger war, sah die Welt ganz anders aus und Hellas Eltern bestanden auf schnellstmögliche Hochzeit. Es wäre ja eine Schande gewesen, hätte die Tochter ein uneheliches Kind zur Welt bringen müssen. Udos Eltern verhielten sich ziemlich neutral und hießen Hella als neues Familienmitglied willkommen.

„Was warst du doch für eine hübsche Braut, sieh mal, das Foto dort. Und wie schlank du warst. Dein Babybäuchlein war noch nicht zu sehen."

„Und weißt du noch: Dein Vater wollte eigentlich, dass du einen Zylinder in die Hand nehmen solltest. Gut, dass wir uns da durchsetzen konnten."

Es gab nur eine kleine Hochzeitsfeier. Fast fanden sie die standesamtliche Trauung festlicher als die kirchliche. Der Pastor kannte Hella und Udo seit der Taufe, er kannte die Familien der beiden, aber die Predigt für die Trauung kam ihnen vor, als „sei sie von der Stange". Er hatte wohl keinen guten Tag damals vor gut 50 Jahren.

Fußball

Als Hella am nächsten Abend jeweils einen bunten Ball auf den Kärtchen fand, strahlte Udo wie ein Honigkuchenpferd, denn das war sein Part. Natürlich galt sein erster Gedanke der Fußball- Weltmeisterschaft im Jahr 1954 im Gastgeberland Schweiz. Hier fand das Wunder von Bern statt, als Deutschland mit 3:2 gegen Ungarn gewann. Deutschland wurde Weltmeister und hatte dadurch nach dem verlorenen Krieg endlich wieder das Image aufbessern können. Die Zuschauer im Stadion erhoben sich nach dem Schlusspfiff und sangen begeistert die Hymne, einige sogar aufgrund des Sieges die erste Strophe.

Udos Worte sprudelten nur so raus:

„Ich durfte zusammen bei meinem Freund Werner schauen. Seine Eltern hatten extra für die WM einen Fernseher gekauft."

Und Hellas Version:

„Ich stand vorm Schaufenster eines Elektrogeschäftes, platt an die Scheibe gedrückt. So eine Drängelei hinter mir war mir nicht geheuer. Ich war ja erst acht und als kleines Mädchen sowieso nicht so an Fußball interessiert. Der Fernseher an sich war für mich fast das größere Wunder, der die schwarz-weißen bewegten Bilder zeigte. Nach kurzer Zeit suchte ich das Weite und war froh, nicht von der begeisterten Menge hinter mir erdrückt worden zu sein."

Udo musste sein Wissen loswerden: „Trainer war ja Sepp Herberger – ein großartiger Trainer! Und die Spieler: Toni Turek im Tor, Jupp Posipal, Horst Eckel, Helmut Rahn, Max Morlock, Hans Schäfer und natürlich die Brüder Ottmar und Fritz Walter. Das sind die, die mir ad hoc einfallen.

Weißt du überhaupt, wie viel die Spieler verdient haben?"

Hella schüttelte den Kopf.

„Jeder Spieler bekam tausend Mark und die aus der Endspielmannschaft noch zwei-hundert Mark zusätzlich. Dazu erhielt jeder Spieler einen Motorroller von Goggomobil, einen Fernseher von einem der vier deutschen Hersteller und einen Geschenk-korb der Firma Maggi. Stell dir das mal vor!

Dafür würde sich heutzutage kein Spieler ein Trikot anziehen.

Mann, Mann, Mann, wie haben sich die Zeiten geändert."

Hella wollte auch noch etwas dazu beitragen und kam auf Herbert Zimmermann, den legendären Radioreporter, zu sprechen, der damals das Endspiel leidenschaftlich kommentierte. Sie versuchte, seinen Tonfall zu treffen:

„Aus dem Hintergrund müsste Rahn schießen – Rahn schießt!

Tooor, Tooor, Tooor!

Aus, aus, aus, das Spiel ist aus!

Deutschland ist Weltmeister!"

Udo fiel noch ein Zitat ein:

„Turek, du bist ein Teufelskerl!"

Begeistert stand Udo auf und nahm seine Hella in den Arm:

„Danke für diese schöne Stunde."

Er fügte hinzu:

„Weißt du auch, dass in diesem Jahr sogar eine Briefmarke herausgegeben wurde mit dem Text 'Turek, du bist ein Fußballgott', das ist vermutlich auch ein Zimmermann-Zitat."

Zufrieden schaltete er den Fernseher an,
denn es war Zeit für die Tagesschau.

Von Haus zu Haus

Nachdem die letzten Krümel vom Abendbrottisch gewischt waren, holte Udo gleich das Memory-Spiel und mischte die Karten. Zunächst erwischten beide immer wieder die „bereits-drüber-nachgedacht-Kärtchen". Aber dann machte Hella einen neuen Fang, sie fand zwei Scheren.

„Erinnerst du dich noch an den Scheren-schleifer, der früher von Haus zu Haus zog, um seine Dienste anzupreisen? Der schleppte einen schweren Schleifstein auf dem Anhänger seines Fahrrads mit sich. Wir sammelten Messer, Scheren und sogar die Scherblätter für Opas Haarschneide-maschine, um sie von dem Hausierer schleifen zu lassen.

Die Küchenmesser waren ja meist noch nicht aus rostfreiem Stahl. Wenn man sie nicht regelmäßig putzte und trocknete, rosteten sie langsam vor sich hin. Mit jedem Schärfen wurden die Klingen schmaler und dünner, aber sie waren scharf „wie Nachbars Lumpi". Nicht selten sah man meine Oma mit blutendem Daumen und hörte ihre Worte

,dor hebb ik mi eben in hecht', was wohl heißen sollte, dass sie sich mit dem frisch geschärften Messer geschnitten hatte.

Mutti hatte mal ein großes Fleischmesser mit dem Hausschlachter getauscht, weil es ihr zu gefährlich geworden war. Der hatte Verwendung dafür und Mutti bekam ein weniger scharfes. Jedenfalls war der Scherenschleifer gern gesehen, obwohl er fast wie ein Vagabund aussah."

Auch Udo konnte sich noch an ihn erinnern, aber seine Gedanken kreisten inzwischen um einen Mann, der alle paar Monate ins Haus kam und Bohnerwachs, Möbelpolitur, Silberputzmittel und ähnliche Dinge anbot. Aus heutiger Sicht war er wohl etwas aufdringlich, denn im Vorratsschrank seiner Mutter lagen manchmal drei dicke Tuben Bohnerwachs und noch eine angebrochene Dose mit der Paste mit dem typischen Geruch.

„Wart ihr damals auch im Bertelsmann Lesering?" Udo sah seine Hella fragend an.

„Na klar, die Schränke waren prall gefüllt mit Büchern, die sicher nicht alle gelesen wurden. Ein gewitzter Vertreter schwatzte

Mutti den 4-bändigen Volksbrockhaus zu einem Wahnsinnspreis auf. Er hatte Mutti suggeriert, dass sie sich an ihren Kindern versündigen würde, falls sie diese dicken Wälzer nicht bestellen würde. Wenn mich nicht alles täuscht, hat sie die Sendung postlagernd schicken lassen, weil sie diese größere Geldausgabe nicht vorher mit Vati abgesprochen hatte."

„Uns ging es ähnlich, wenn man nicht vierteljährlich bestellte, bekam man Bücher, die vom Verlag vorgeschlagen wurden. Mit der Frage, ob ihre Kinder dumm bleiben sollten, verkaufte er uns ein grünes Rechtschreibbuch, einen roten Weltatlas und ein blaues Buch mit dem Titel 'Ich sag dir alles'. Ich glaube, die liegen noch im Keller, die können wir bedenkenlos entsorgen. Heute finden wir alles im Internet. Hoch lebe Wikipedia."

„Zu uns kam von Zeit zu Zeit ein Mann mit seinem großen Koffer. Darin hatte er Tischdecken, meist welche mit großem Blumenmuster, wie sie in den Fünfzigern wohl modern waren. Aber auch kleine Deckchen — weiße und cremefarbene.

Obwohl meine Mutter die schönsten Handarbeiten zauberte, ließ sie sich oft verleiten und kaufte dem Hausierer etwas ab. Ich glaube, hinterher hat sie sich immer geärgert."

„Hattet ihr auch einen grün-weißen Staubsauger?"

„Ja, klar, brauchen wir nicht weiter drüber zu reden. Übrigens war unser erster von der Firma braun. Die Vertreter waren meist ziemlich aufdringlich und es gelang ihnen nicht selten, weitere Zusatzteile oder das neuste Modell an die Hausfrau zu bringen."

„Aber gut waren sie, das muss man ihnen lassen. Ich meine die Staubsauger und nicht die Vertreter."

„Bei uns kam häufig noch ein Vertreter mit Unterwäsche und Strickwaren. Dem hat meine Mutter auch bei jedem Besuch etwas abgekauft. Ich erinnere mich noch an einen roten Rollkragenpullover, einem Parallelo. Der hatte noch schwarz-weiße Streifen am Kragen. Den habe ich liebend gerne getragen. Meine Schwester hatte einen blauen in dieser Art."

„Im Herbst hieß es, auf der Hut zu sein, denn dann zogen die Schausteller mit Mann und Maus in Richtung Brokser Heiratsmarkt. Magere Pferde, bei denen man die Rippen zählen konnte, zogen klapprige Holzwohnwagen durch die Straßen."

„Ja, weiß ich auch noch, das war sehr schwer anzusehen. Man hatte zum Teil Angst aber auch Mitleid."

„Einmal kam eine Frau zu uns ins Haus. Eine Haustürklingel gab es bei uns nicht. Wenn einer von uns oder unsere Mieter durch die Tür kamen, sagte er laut und vernehmlich ‚ich bins'. Hörte man das Öffnen der Tür ohne die Einlasslosung, schauten wir neugierig nach. Die Frau vom fahrenden Volk wünschte, auf die Toilette gehen zu dürfen. Meine Mutter hatte soviel Mitleid mit dieser ärmlich gekleideten Frau und bereitete ihr ein Butterbrot, dick mit Leberwurst bestrichen. Mutti hatte es gut in Pergamentpapier eingewickelt, als sie es der Fremden überreichte. Mutti wunderte sich, weil sie kein herzliches Dankeschön dafür bekam. Als sie später ins Schlafzimmer ging, sah sie, dass alle Schränke durchwühlt worden waren. Auf der Suche nach Geld oder Schmuck war sie zum Glück nicht fündig geworden. Die Nachbarn hatten sich gewundert, als sie ein eingewickeltes Butterbrot in ihrem Blumenbeet gefunden hatten."

„Schon ein paar Jahre später fuhren die Marktbetreiber mit großen geräumigen Wohn-wagen. Muss wohl doch ein lukratives Geschäft sein."

„Hörst du es auch noch: ‚Lumpen. Isen'!"

Von Zeit zu Zeit fuhr der Lumpensammler mit seinem verrosteten Goliath Dreirad durch die Straßen und sammelte alles, was defekt war oder nicht mehr benötigt wurde. Die Leute waren froh, wenn sie ihren Krempel loswerden konnten. Es gab sogar etwas Geld dafür.

„Wie gut, dass es heute die Sperrmüllabfuhr gibt."

„Und dann kam doch in regelmäßigen Abständen einer vom Blindenhilfswerk mit Bürsten. Meine Mutter hat ihm immer etwas abgekauft. Die Qualität der Besen und Bürsten aus natürlichen Materialien war wohl auch gut."

„Wie gut, dass wir heute leben, mein Gott, was hat sich alles verändert."

Goldene Hochzeit

Gerade hatten Hella und Udo gemeinsam den Abendbrottisch abgeräumt und in der Küche „klar Schiff" gemacht, als Udo nach dem Memory-Spiel griff.

„Leg mal wieder weg", meinte Hella.

Heute spielen wir Memory ohne Karten. Mir ist etwas von früher eingefallen und darüber möchte ich heute gern sprechen."

„Na, dann schieß man los, bin schon gespannt."

„Als wir gestern über unsere bescheidene Hochzeit gesprochen hatten, kam mir die Goldene Hochzeit meiner Großeltern im Sommer 1951 in den Sinn. Ich war also gut fünf Jahre alt und hatte ein Gedicht auswendig gelernt. Glaub mir, ich konnte es kaum erwarten, es aufzusagen. Klappte morgens im kleinen Kreis auch richtig gut, doch als ich es vor den vielen Gästen wiederholen sollte, lief das nicht so reibungslos.

Schon Wochen vorher wurde alles geplant, organisiert und bestellt.

Am Vortag wurde das Leihgeschirr angeliefert. Teller, Tassen und Gläser waren sicher in Holzkisten verpackt, denn außer dem Geschirr war noch ordentlich Holzwolle in den Kisten. Alles musste erst sorgfältig abgewaschen werden.

Hinter dem Haus, neben dem Stall wurde ein großes Zelt aufgebaut. Das allein war für mich schon ein Ereignis. Die Nachbarn bereiteten das Essen, ich sehe noch die sechs gerupften Hühner nebeneinander liegend, die für eine leckere Hühnersuppe gebraucht wurden. Ein paar Eimer voll Kartoffeln wurden geschält und gekocht.

Nach der Hühnersuppe wurde Ragout mit Kartoffeln und Reis serviert. Dann kam der Schweinebraten auf den Tisch, mit Bohnensalat und Rotkohl. Den Nachtisch hatte meine Mutter am Vortag zubereitet: Pudding und rote Grütze für alle. Die Nachbarn von der anderen Seite waren für Torten und Kuchen zuständig.

Ich erinnere mich noch an heiße Diskussionen der weiblichen Gäste, die nicht damit einverstanden waren, dass zunächst die Hühnersuppe und danach das Ragout vom gleichen Teller gegessen werden sollten, denn erst für den nächsten Gang gab es einen neuen Teller.

Wochen vorher gab es noch eine besondere Baumaßnahme. Opa hatte ein Pissoir angeschlossen. Die Benutzer wurden durch geschwungene Zementwände vor neugierigen Blicken geschützt, denn man konnte nur deren Rückseite sehen, wenn sie es nutzten. Den männlichen Gästen sollte mit dem schneeweißen Becken der lange Weg zum Plumpsklo erspart werden. Noch vor der Goldenen Hochzeit hatte ich das mal ausprobiert, fand ich für kleine Mädchen nun wirklich nicht geeignet."
Zwischendurch fing Udo an zu grinsen und zu knickern. Vielleicht hatte er sich die kleine Hella vorgestellt, die sich mühte, ins Becken zu treffen.
„Als nun der große Tag gekommen war, kamen die Gäste, alle schwarz gekleidet. Die Männer trugen ein weißes Hemd oder vielleicht auch nur ein Chemisette, eine gestärkte Hemdenbrust. Das sah zwar

festlich aus, aber auch so ein bisschen nach
Beerdigung. In der Luft hing der Duft von

Mottenpulver. Eine Kapelle spielte Marsch,
Polka und Walzer.
Während Muttis Schwestern und
Schwägerinnen ihren Auftritt im langen
schwarzen Kleid hatten, flitzte Mutti in
ihrem neuen lilafarbenen kurzen Kleid mit
weißer Schürze hin und her, um die Gäste
zufrieden zu stellen.
Irgendwann war abends für uns Kinder
„Schluss mit lustig". Ich versuchte, noch
etwas Zeit herauszuschinden, in dem ich

mich anschickte, jedem der anwesenden Gäste die Hand zum Abschied zu schütteln. Weil ich die Namen der zahlreichen Schwarzgekleideten oftmals nicht kannte, sagte ich ‚Gute Nacht Tante Soundso, gute Nacht Onkel Soundso'. Hat wohl keiner gemerkt, die Musik war laut genug."

„Na, und dann ging es wohl ins Bett. Konntest du denn schlafen? Die Musik hat doch sicher gestört."

„Ach dann passierte noch etwas ganz besonderes. Unsere drei Cousins sollten bei uns schlafen: meine Schwester Antje, die Drei und ich – allesamt im Ehebett meiner Eltern. Die Cousins waren älter als ich. Das war natürlich ein Trubel und es war kaum möglich, fünf aufgekratzte Kinder zur Ruhe zu bekommen. Der jüngste Cousin, ein Jahr älter als ich, trug eine seltsame Hemdhose, die hinten eine Klappe hatte, die mit Knöpfen zu verschließen war. So etwas hatte ich noch nie gesehen und hielt es für total unmodern. Schnell war mir klar, dass die rückwärtige Klappe für das große Geschäft geöffnet werden musste. Ich rätselte und stellte fest, dass das Höschen beim

Pipimachen nass werden müsse. Doch dann zeigte er mir Sinn und Zweck des vorderen Schlitzes, den ich noch nicht entdeckt hatte. Seine Demonstration hatte mich ungeheuer geschockt."

„Seitdem weißt du also, dass es zweierlei Sorten Mensch gibt, oder?"

„Stimmt", grinste Hella.

Memory ohne Karten war auch nicht zu verachten, stellen Hella und Udo an diesem Abend fest.

Kniffel

Am nächsten Abend griff Udo mit einer Selbstverständlichkeit zum Kniffelspiel. Wortlos aber fragend sah er seine Frau an und die konnte in seinen Augen lesen:

„Bestimmt willst du heute auch nicht so viel reden und dich an alte Zeiten erinnern, oder?"

Hella nickte und so saß sich das Ehepaar stumm gegenüber und es waren nur die Würfel zu hören, wenn sie aus dem Würfelbecher kullerten.

Was war geschehen? Die beiden maulten miteinander, hatten eine Meinungsverschiedenheit gehabt. Udo hatte einen Zahnarzttermin platzen lassen müssen, weil Hella den irrtümlich für den nächsten Tag auf dem Kalender notiert hatte. Sie hatten es erst gemerkt, als die Zahnarzthelferin angerufen hatte. Aber mehr als sich zu entschuldigen, konnte Hella nicht tun. Bei Udo und beim Zahnarzt. Ja, war dumm gelaufen, war aber passiert.

Aber ganz auf das abendliche Spiel wollten scheinbar beide nicht verzichten. Sie fanden die gedrückte Stimmung unerträglich, aber keiner machte zunächst Anstalten, den Zustand zu ändern.

Am Anfang ihrer Ehe hatten sie sich geschworen, niemals im Streit ins Bett zu gehen. Vorm Schlafengehen sollten die Probleme ausgeräumt sein, um nicht auch noch den neuen Tag damit zu belasten. So geschah es auch an diesem Abend. Allerdings schmeckte das Gute-Nacht-Küsschen noch leicht bitter.

Autos

Am nächsten Tag war die Welt tatsächlich für Hella und Udo wieder in Ordnung und beide freuten sich schon insgeheim auf eine neue Runde Memory. Hella war es, die ein passendes Kärtchenpaar gefunden hatte: ein Auto. Das war besonders für Udo ein gefundenes Fressen. Gleich kam er auf sein erstes Auto zu sprechen, den roten VW-Käfer. Den hatte sein Vater spendiert,

nachdem Udo seinen Führerschein erworben hatte. Gleich nach seinem 21. Geburtstag konnte er sich hinter das Lenkrad seines eigenen Autos setzen. Im gleichen Jahr, als er seine Hella kennen gelernt und sich in sie verliebt hatte.

„Der war zwar gebraucht, hatte noch die kleine Scheibe, aber nicht mehr die Originalfarbe. Weißt du noch die kleine Vase am Armaturenbrett? Und das große Lenkrad? Und die Heizung! Im Sommer war sie brüllend heiß und ließ sich nicht regeln, dafür wollte sie im Winter nicht warm werden." Udo lachte bei dieser Erinnerung.

„Ja, und die Schlaufen, die seitlichen Haltegriffe waren doch auch urig. Darüber wurde so mancher Witz gerissen."

„Das war noch eine Zeit, in der wir uns frei und unbeschwert fühlten. Mein Gott, wie waren wir verliebt. Damals haben wir so allerhand Touren unternommen. Zwei Jahre später hatten wir dazu weder Zeit noch das nötige Kleingeld. Da mussten wir erst mal einen Kinderwagen anschaffen!"

„Ja, dann kam eine schwere Zeit. Wir waren ganz schön junge Eltern. Ist ja zum Glück alles gut gegangen. Beide Kinder sind gesund und gut eingeschlagen, leben schon lange ihr Leben. Schade, dass sie so weit weg wohnen."

Hella nickte nachdenklich.

Udo erinnerte sich:

„Kennst du noch den Klaus, unseren früheren Nachbarn? Der hatte sich damals einen alten Brezelkäfer gekauft und den wollte er umbauen. Der hat doch tatsächlich den Mittelsteg vom Rückfenster entfernt und die große Scheibe eingesetzt. Dadurch sollte der Wagen wie das neuste Modell aussehen. Darüber müsste er sich doch noch heute ärgern. Jeden Tag werkelte er an seinem Auto rum und bohrte, schraubte und schliff. Als die Technik stimmte, wollte er den Wagen spritzen. Dazu besorgte er sich die passende Farbe und einen Kompressor und bald ging es in der Garage los. Nicht nur der VW sondern auch die Wände waren stellenweise tiefblau. Irgendetwas muss er verkehrt gemacht haben, denn als die Farbe getrocknet war, hatte der Lack ein

Apfelsinenmuster und war ganz rubbelig. Der arme Klaus musste alles wieder abschleifen und den Wagen neu lackieren. Bei zweiten Mal gelang es besser. Den Wagen hat er einige Jahre gefahren."

„Hat er dann nicht noch einen Wagen umgebaut?"

„Ja, für seinen Nachbarn Herbert - einen alten aber schnittigen DKW.

Blau mit weißem Dach. Viel Chrom hatte der auch. Der Wagen hatte einen Motorschaden, als Klaus ihn in die Finger bekam. Nach gut zwei Wochen war das Auto einsatzbereit und Herbert konnte damit zur Arbeit fahren. Hat aber nicht lange gedauert, denn Herbert hatte einen Unfall verschuldet und ist gegen einen Brückenpfeiler gefahren. Der schöne DKW hatte Totalschaden, zum Glück blieb Herbert unversehrt.

Zufällig habe ich gesehen, wie er an diesem Tag nach Hause kam. Eine traurige Gestalt, mit dem Lenkrad in der Hand, darüber ein flauschiger Schonbezug. Herbert meinte, die Teile seien ja noch gut in Schuss. Vielleicht wollte er auch nur ein Souvenir von seinem flotten DKW behalten. Danach wurde er wieder Kunde bei der Bundesbahn."

„Wohl dem, der heute noch so ein altes Schätzchen hat. Bald sieht man die tollsten Oldtimer wieder on Tour, wie sie von einem Treffen zum nächsten fahren. Unser Nachbar hatte erst eine Vespa, einen graugrünen Motorroller, dann eine BMW Isetta. Wir haben ihn damals sehr darum beneidet. Nach und nach wurden seine Autos immer größer und komfortabler."

„Erinnerst du dich noch an die tollen Borgward Modelle? Schade, dass die Produktion eingestellt werden musste."

Gemeinsam schwärmten sie vom Borgward Hansa, der Arabella und Isabella.

Und auch der Leukoplastbomber kam ihnen wieder in den Sinn.

Udo erinnerte sich noch an die Dreiteilung in Einzelfirmen im Jahr 1951 in Borgward- und Goliath-Werke und Lloyd-Maschinenfabrik.

Lass uns gleich noch einmal googeln, dann können wir uns die schönen alten Modelle noch mal in Erinnerung rufen."

Als sie das beschlossen, war es schon kurz vor neun. Vor lauter Autos hatten sie die Tagesschau vergessen.

Werbung

Udo klemmte sich den Karton mit dem Memory-Spiel unter den Arm und schon machte es plumps und alle Kärtchen landeten auf dem Teppichboden.

„Son Schiet", hörte man ihn fluchen.

„Wer wird denn gleich in die Luft gehen!" Hella wollte ihren Udo damit etwas trösten und kniete sich, um die Karten gemeinsam mit Udo aufzusuchen.

„Das hieß anders: Halt mein Freund! Wer wird denn gleich in die Luft gehen? Greife lieber zur HB!"

„Stimmt! Hast gewonnen! Ich weiß was, stell den Karton man wieder weg. Wir wollen versuchen, uns an die Werbung aus den 50er und 60er Jahren zu erinnern."

Udo war einverstanden und fing gleich an:

„Die tollste, die ich je gesehen habe, war auf einer riesigen Plakatwand. Ein über-dimensionaler Kartoffelpuffer lag appetitlich fetttriefend auf einem Teller. Dazu der Spruch ‚Haste keinen, back dir einen'. Das war eine gelungene Werbung von Pfanni."

„Daran erinnere ich mich auch. Eine tolle Idee. Aber da täuschst du dich, die gab es später, bestimmt Mitte der 70-er Jahre. Die haben wir gesehen, als wir deine Eltern zum Flughafen gebracht haben, als sie nach Madeira fliegen wollten.

Mir fällt noch ein toller Spruch ein. Ich weiß nicht, ob ich ihn noch genau hinkriege: Mauthe Uhren ticken leise, ticken früh und ticken spät.

Ticken auch in hundert Jahren, noch in Mauthe Qualität. Das war Radio-Werbung. Als wir noch klein waren, haben Antje und ich uns immer verwöhnt. Eine schrieb der Anderen einen Spruch auf den Rücken und dieser war so schön lang. Das killerte so herrlich. Manchmal hat die Eine etwas geschrieben und die Andere musste raten."

Udo fragte: „Wie wurde damals überhaupt geworben? In Zeitungsanzeigen zum Bei-spiel, an Litfaßsäulen oder Plakatwänden."

„Im Radio natürlich. Die Sprecher hatten meist eine einprägende Stimme und hämmerten uns die Werbesprüche mit einer besonderen Betonung ein. Dann gab es natürlich später auch die Fernsehwerbung und die Werbefilmchen im Vorspann im Kino. Heute machen fast ausschließlich Prominente Werbung, damals waren es Klementine, Frau Sommer, Frau Renate, Tilly und Fridolin."

„Die sind zum Teil erst durch die Werbung prominent geworden.

Die Tilly betätigte sich als Maniküre und ließ die Hände ihrer Kundinnen in Palmolive Geschirrspülmittel einweichen. Bedeutsam verkündete sie dann: Palmolive mild und klar! Schönheitsmittel für Hände, die täglich Geschirr spülen."

„Fridolin, wer war denn Fridolin?", wollte Udo wissen.

„Maggi-Fridolin, der wollte doch ,Fondor für den Feingeschmack' an den Esser bringen. Heute rühmt Maggi sich mit Produkten, die auf Geschmacksverstärker verzichten. Ich glaube, Fondor gibt es immer noch.

Oh, ich hab noch einen Spruch:

,Hier ein Stückchen, da ein Stückchen.

Dir ein Stückchen, mir ein Stückchen.

Vielen Dank singt es im Chor:

Vielen Dank Sarotti-Mohr.'

Der Mohr war aber auch zu süß!"
Diese Zeilen hatte Hella voller Begeisterung gesungen.

„Zu Weihnachten kauften wir für unsere Mütter Frauengold, denn die Werbung überzeugte nicht nur uns:
Frauengold gibt neue Kraft und Lebensfreude. Frauengold schafft Wohlbefinden an allen Tagen."

„Erinnerst du dich noch an die Rama von damals? Ursprünglich hieß die ja Rahma, aber das „h" musste wohl aus rechtlichen Gründen weichen. Zu viel Ähnlichkeit mit Molkereiprodukten. Die gab es im Würfel, ein halbes Pfund kostete 50 Pfennig."

„Kennst du noch die Rei-Werbung, die wir mal im Kino gesehen haben: Kinder hatten eine ölverschmierte Möwe vom Strand geholt. Ihre Mutter hat den Vogel in einem Rei-Bad gesäubert und schwupps konnte er wieder fliegen. Danach hat die kluge Hausfrau und Mutter die Fenster mit Rei geputzt."

„Pril hat es doch ebenso gemacht. Da wurde gleich eine ganze Ente ins Wasser mit Pril-Zusatz gesetzt. Da fielen die Worte: Pril entspannt das Wasser, die Ente wirkte aber

nicht entspannt. Die Tierschützer würden heute bei solcher Werbung auf die Barrikaden gehen. Zum Glück!"
Nachdem beide kurz überlegten, brachten sie sich abwechselnd alte Werbeslogans in Erinnerung.

„4711 immer dabei!"

„Mars ersetzt verlorene Energie."

„Afri-Cola überwindet den toten Punkt."

„VW – da weiß man, was man hat!"

„Mach mal Pause! Trink Coca-Cola."

„Haribo macht Kinder froh. Und Erwachsene ebenso!"

„Underberg! Trinke ihn mäßig, aber regelmäßig."

„Genuss im Stil der neuen Zeit – Lord Extra."

„Esso: Pack den Tiger in den Tank."

„Colgate: Mutti, Mutti! Er hat gar nicht gebohrt!"

Wenn nicht eine Nachbarin an der Haustür geklingelt hätte, wären Hella und Udo an diesem Abend bestimmt noch viel mehr Sprüche eingefallen.

Kindergeburtstag

Das Sparschwein, das Hella und Udo vor ein paar Wochen nach jedem Spiel füttern wollten, hatte bislang nur wenig Münzen in den dicken Bauch bekommen, denn beim Memory, so wie sie es spielten, gab es weder Gewinner, noch Verlierer.

Als Udo am nächsten Abend ein Kärtchenpaar mit einem kleinen Kuchen und einer Kerze obendrauf gefunden hatte, konnte er zunächst gar nichts damit anfangen.

„Doch! Geht doch, denk mal an die Kindergeburtstage!"

Hella hatte schon gleich Erinnerungen an die Geburtstagsfeiern ihrer Kindheit im Sinn. Vor allem an die ihrer Schwester, die im April Geburtstag hatte. Hella hatte Antje damals oft beneidet, weil sie ihre Freundinnen am selben Tag zur Feier einladen konnte.

Bei Hella, die am ersten Weihnachtstag geboren war, ging das nicht, denn da wollte keine ihrer Freundinnen woanders als zuhause sein. So wurde ihre Geburtstagsfeier grundsätzlich verschoben und das war so wie kalter Kaffee.

Dazu kam, dass die Feier wegen der kühlen Temperaturen im Haus stattfinden musste. Es war ein ordentliches Gewühle, wenn acht bis zehn kleine Mädchen in der nicht allzu großen Stube oder auf dem kalten Flur Blindekuh, Piepmaus im Dustern oder Topfschlagen spielen wollten. In Erinnerung geblieben war Hella der Vanille- und Schokoladenpudding, in dem ihre Mutter Kaffeebohnen versteckt hatte. Wer von den Mädchen auf eine solche Kaffeebohne gestoßen war, musste wahlweise ein Lied singen oder den Namen eines Freundes verraten.

„Wir spielten Stadt-Land-Fluß oder Onkel Fritz sitzt in der Badewanne. Schön war es, noch einmal beschenkt zu werden, denn jede meiner Schulfreundinnen kam mit einem kleinen Päckchen. Über Bücher habe ich mich besonders gefreut, meist waren es Schneider-Bücher über Backfische mit ihren Problemchen. Das schönste daran war das Lesezeichen in diesen Büchern. Auf dem schmalen Lesezeichen aus dünner Pappe war entweder ein Weißer, ein rothäutiger Indianer, ein gelber Chinese oder ein schwarzes Negerlein abgebildet. Damals hatte keiner Scheu, das so auszusprechen. In der Hülle war ein Schieber zu betätigen, der sich rauf und runter bewegen ließ. Beim Runterziehen schloss die Figur die Augen, steckte die Zunge heraus und unten erschien der Werbespruch – Ätsch ein Schneiderbuch".

„Meine Güte, was du noch alles weißt!" Udo staunte nicht schlecht.

„Es gibt noch etliche Fotos von den Feiern. Mutti hatte uns der Größe nach aufgestellt, jede legte ihrer ‚Vorderfrau' die Hände auf die Schultern. Ein Blitzlicht hatte Mutti nicht für ihren alten Voigtländer Fotoapparat. Deshalb mussten wir draußen wie die Orgelpfeifen stehen.

Zu meiner Geburtstagsfeier im Mäntelchen, falls es überhaupt Fotos gab. Bei Antje sah man die Mädchen schon leichter bekleidet. Na, ja, man kann eben nicht alles haben."
„Bei mir war das anders. Da kamen ein paar Jungen, lieferten ihre Geschenke ab und wir tobten draußen rum, spielten Fußball, Schnitzeljagd oder Räuber und Gendarm. Ich

kann mich nicht mehr daran erinnern, was wir gegessen haben."

„Antje bekam immer noch einen ganz besonderen Pudding, sie hat ja in der Osterzeit Geburtstag. Mutti hatte schon etwa zwei Wochen vorher die Eier ausgeblasen und die Schalen aufbewahrt. Jedes Ei wurde oben und unten vorsichtig angepickt. Das untere Loch wurde etwas größer und so blies Mutti den Inhalt des Eis in eine Schüssel. Die Eierschalen wurden kräftig gewässert und dann getrocknet. Einen Tag vorm Geburtstag durften wir bei der großen Puddingaktion helfen. Zuerst kochte Mutti grüne Götterspeise und füllte sie in eine große flache Glasschale. Wenn der Wackelpudding hart war, zerschnitt sie ihn mit einem Messer in viele winzig kleine Stückchen. Dann waren die Eierschalen dran, deren untere Löcher mit Leukoplast zugeklebt worden waren. Mutti kochte rote und gelbe Götterspeise, weißen Mondamin- und leckeren Schokoladenpudding, die letzten beiden ohne Eischnee. Die vier Puddingsorten füllte Mutti nun vorsichtig in die leeren Eierschalen, die in Reih und Glied zum Erstarren und Erkalten aufgestellt wurden. Nach ein paar Stunden durften wir die Eier behutsam abpellen und sie in das grüne Götterspeisennest legen. Dazu gab es einen großen Krug Vanillesoße. Ein Osternest - das war immer ein Highlight zu Antjes Geburtstag."

„Ich bin ja kein großer Puddingfan, aber das hört sich so gut an. Das solltest du mal machen, wenn die Kinder zu Besuch kommen."

„Wenn du mir dabei hilfst?"

Lehrjahre

Udo fing an zu grinsen, als er am nächsten Abend zwei Kärtchen mit jeweils einer Säge in Händen hielt:

„Ich muss gerade an meine Lehrzeit denken. Da hatten meine Kollegen mich doch glatt in den April geschickt. Als Lehrling war man damals bestrebt, jeden Auftrag sofort und zufriedenstellend zu erledigen. Mich hatten sie mit einer leeren Flasche ins Eisenwarengeschäft geschickt. Ich sollte spezielles Wasser zum Nachfüllen der Wasserwaagen holen. Und ich Depp bin auch gleich losgelaufen. Das Schönste war aber, dass ich Werner traf, einen Mitschüler aus der Berufsschule. Der sollte Siemens-Lufthaken holen..."

„Ach mein Schatz, das tut mir richtig leid. Die haben dich doch bestimmt alle ausgelacht, oder?"

„Das kannst du wohl laut sagen. Aber du weißt ja, früher hieß es ‚Lehrjahre sind keine Herrenjahre'. Der Rainer hat damals erzählt, dass er vor Kunden von seinem Chef runtergeputzt wurde. Angeblich hatte er die

Jalousien nicht richtig runtergelassen. Zur Strafe musste er im Laden zwischen Radios und Fernsehgeräten jede Menge Kniebeugen machen. Oder waren es Liegestütze?"

„Das könnte sich heute doch kein Chef mehr erlauben! Kennst du noch die Anke? Die machte doch eine Lehre als Speditions-Kauffrau. Sie wurde auch Aprilscherz-Opfer, denn sie sollte mal Begleitpapiere für eine Schiffsladung fertig machen: Für ein Schiff der „Never-come-back-Line". Sie hats gemerkt und hat sich nicht veralbern lassen.

Und dem Richard hatten sie ja auch ganz übel mitgespielt. Der machte eine Ausbildung zum Textilkaufmann und fuhr mit seinen sechzehn Jahren immer mit Anzug, Schlips und Kragen im Zug zur Arbeit. Als im Haus seines Lehrherrn geschlachtet wurde, sollte er das Blut vom abgestochenen Schwein rühren. Weil es ihm allzu sehr davor grauste, bekam er eine leichtere Aufgabe, denn er sollte nun den Schwanz des Schweins ganz doll streicheln, damit das Blut besser fließen konnte. Mit Erfolg, denn das Blut lief richtig gut. Ist doch ziemlich mies, jemanden so zu veräppeln."

„Möchtest du jetzt, dass ich dir ganz viel über unterschiedliche Sägen erzähle?"

Udo drehte die gezogenen Kärtchen in seinen Händen.

„Och nöö, lass man. Sag mir lieber, was du morgen Mittag essen möchtest."

Rakete

Hella deckte am nächsten Abend das nächste Kartenpärchen auf – es zeigte eine Rakete.

„Das finde ich richtig doof, dazu fällt mir nicht viel ein. Silvester-Raketen vielleicht?"

Mit diesem Symbol erinnerte Udo sich spontan an etwas anderes, denn ihm kam der Sputnik in den Sinn, der als erster künstlicher Erdtrabant von der sowjetischen Raumfahrt auf eine Erdumlaufbahn geschickt wurde.

„Das war im Oktober 1957 – eine Sensation! Die Welt hielt den Atem an und der Wettlauf zwischen den Amerikanern und den Russen begann in Sachen Raumfahrt, denn beide wollten den Weltraum erobern."

„Da ist doch auch ein Hund mitgeschickt worden. Wie hieß der noch?"

Das war nicht so Hellas Interessengebiet.

„Das war doch Laika, eine Hündin, die den Flug leider nicht überlebte. Der Raketenstart war bereits einen Monat später. Laika war das erste Lebewesen im Weltraum. Die Todesursache war lange nicht bekannt. Erst viele Jahre später war man sicher, dass die

Hündin bereits ein paar Stunden nach dem Start wegen Überhitzung und Stress gestorben war. Die Russen hatten dadurch aber wichtige Erkenntnisse für den Raumflug des ersten Menschen, Juri Gagarin gewonnen."
Hella lenkte etwas vom Thema ab:
„1957? was gab es da sonst noch Wichtiges?"
„Da war meine Konfirmation doch", lachte Udo.
„Nun mal ernst, 1957 war Konrad Adenauer unser Kanzler und Papa Heuss Bundespräsident."
„Ach ja, und Ludwig Erhardt war Wirtschaftsminister. Der erinnerte doch im Zeitalter des Wirtschaftswunders ans Maßhalten. Das klang seltsam, wenn ein Mensch mit solcher Leibesfülle zum Maßhalten aufrief."
„Wer war 1957 noch Präsident in Amerika? Eisenhower, oder? Hieß der nicht Dwight D. Eisenhower?"
„Ich glaube ja. Und Nikita Chruschtschow war Parteiführer in der Sowjetunion. Mein Gott wie lange ist das schon her!"

„Erinnerst du dich noch an andere Ereignisse aus dem Jahr 1957? Ich meine, da ist auch die Pamir mit Mann und Maus untergegangen. Das war doch ein Segelschulschiff, eine Viermastbark. Das Schwesterschiff, die Passat gehört wohl inzwischen der Stadt Lübeck und wird als Museumsschiff genutzt."

„Ich meine, dass 1957 in der DDR der erste Trabant vom Band gelaufen ist."

„Wir wussten noch nichts voneinander. Aber das haben wir ja bald nachgeholt."

Hella räumte die Memory-Kärtchen wieder in den Karton als ihr noch etwas einfiel:

„Wenn mich nicht alles täuscht, wurde in dem Jahr Rosemarie Nitribitt umgebracht. Alle Zeitungen berichteten über die ermordete Prostituierte. Ich war ja erst knapp zwölf und alles zum Thema käufliche Liebe war mir vorher fremd gewesen. Es war keiner bereit gewesen, mir meine Fragen dazu zu beantworten."

Und Hellas leises Seufzen klang fast etwas vorwurfsvoll.

Fotos

Schon mittags kündigte Hella mit einem geheimnisvollen Blitzen in den Augenwinkeln an:

„Heute Abend machen wir etwas Besonderes. Lass dich überraschen."

Udo dachte gleich an ein tolles Abendessen und war froher Erwartung, wohl wissend, dass seine Hella eine sehr gute Köchin war.

Er war etwas enttäuscht, denn auf dem Abendbrottisch standen wie üblich: Brot, Butter, Käse, Wurst, Schinken und etwas Salat. Was hatte sich seine Hella bloß wieder einfallen lassen?

Aber dann ließ Hella die Katze aus dem Sack – sie hatte alte Fotoalben unter dem Arm.

„Mit diesem fangen wir an", meinte sie und schlug ihr erstes gemeinsames Album auf. Das hatte immerhin auch schon fast fünfzig Jahr auf dem Buckel, war aber noch in tadellosem Zustand. Nur einige Fotos waren etwas verblichen oder rotstichig geworden.

Die ersten schwarz-weißen Fotos waren von ihrer Hochzeitsfeier, aufgenommen von Hellas Freundin.

„Was warst du doch für eine tolle Braut. Ich war so stolz an deiner Seite. Und wie schlank du warst!"

„Das Babybäuchlein musste die Schneiderin schon berücksichtigen, denn es war erst mal vorbei mit Taille 60 cm.

Weißt du noch, dass einer in unserem Lokal seine entführte Braut suchte und mich schnappte, im Glauben ich sei seine. Der hat auch gedacht: Braut ist Braut!"

„Das hab ich damals nicht direkt mitbekommen. Der hätte mich mal kennenlernen sollen."

„Wer weiß, vielleicht hättest du ja einen guten Tausch gemacht."

„Nee, ehrlich. Etwas Besseres als dich hätte ich doch niemals bekommen. Das habe ich schon so manches Mal gedacht."

„Danke! Denken ist gut, aber ich hätte es gern auch mal gehört."

Beide lachten und Hella blätterte weiter im Album.

Von der kleinen bescheidenen Hochzeitsfeier gab es noch ein paar Fotos. Mal mit den Eltern, den Beiständen, mit den Gästen und mal vom verliebten Brautpaar allein.

Die nächsten Bilder waren von Klein-Michael – mal nackt oder in voller Ausgehmontur. Mal auf dem Schoß des stolzen Vaters oder auf dem Arm der glücklichen Mutter. Es gab auch Fotos mit den Omas und Opas und Klein-Michael. Gern hatten Hellas und Udos Eltern die frühe Ehe nicht gesehen, aber der kleine süße Fratz hatte allen Groll über die Verbindung ihrer Kinder genommen.

Nachdem sie durch die Fotos an die Anfangszeit ihrer Ehe erinnert wurden, konzentrierte Hella sich auf die Dinge, die sie im Hintergrund erkennen konnte.

Aufgefallen waren ihr die großen Tapetenmuster, die es zu der Zeit noch in dezenten Farben gab. Erst ein paar Jahre späten wurde es bunt an den Wänden: gelb, braun, orange und grün waren dann die bevorzugten kräftigen Farben.

„Sieh mal hier, deine Mutti sitzt auf dem hellblauen Cocktailsessel am Nierentisch. Die Tütenlampe im Hintergrund. Herrlich!"

„Ja, und der Gummibaum stand auf einem dreieckigen Blumenhocker mit Spitzfüßen. Und da auf dem Tisch der Salzlettenständer.

Im Glas gab es die Salzstangen und auf der kleinen Stange hingen die Brezel."

„Das war ja 1966 im Grunde schon fast überholt, aber als deine Eltern sich Ende der 50er Jahre so eingerichtet hatten, war das der letzte Schrei."

Die Fotos hatten Hella und Udo gedanklich in die 60er Jahre zurück versetzt. Hella hatte sich nach ihrem Realschulabschluss auf Drängen ihrer Eltern für die Beamtenlaufbahn bei der Post entschieden. Nach einer dreimonatigen Grundausbildung wurde sie im Fernmeldeamt eingesetzt, in dem die Telefongespräche noch handvermittelt wurden. Als Kind hatte sie das Telefon immer als ihren Feind angesehen. Sie hatte sich damals immer schwer getan, wenn sie in der Kneipe nebenan oder im Tante-Emma-Laden darum bitten musste, ein Gespräch führen zu dürfen. Dieser klobige schwarze Apparat mit der Wählscheibe und der Schnur, die sich dauernd verdrehte und verhedderte, war ein wahres Ungeheuer für sie gewesen. Durch die Ausbildung war alle Scheu schnell vergessen und Hella machte die Arbeit sogar Spaß.

„Ich bekam nicht nur so ein popeliges Lehrlingsgehalt, nein ich war vom ersten Tag an Angestellte und ich weiß noch, wie stolz ich war, als ich das erste Gehalt in Händen hielt - stolze 228 Mark. Nun, ich musste meine Fahrkarte kaufen, Haushaltsgeld abgeben, konnte mir aber auch schicke Sachen kaufen, den Führerschein machen und einen Teil des Geldes sparen. Wir arbeiteten im Schichtdienst. Bis zum 18. Geburtstag wurde ich bis höchstens 20 Uhr eingesetzt, hatte dann aber noch die Zugfahrt vor mir. Oft wurde es 22 Uhr, bis ich zuhause war. Nach meinem 18. Lebensjahr musste ich auch nachts oder bis 22 Uhr, natürlich auch am Wochenende arbeiten, ach es waren manchmal lange Tage. Durch den Schichtdienst hatte ich den Kontakt zu meinen Schulfreundinnen schnell verloren, was ich sehr bedauerte."

„Ja, ja die Zugfahrt. Da haben wir uns kennengelernt. Wenn ich zur Berufsschule fuhr, war ich jedes Mal gespannt, ob ich dich sehen würde. Ich kannte deinen Namen zwar nicht, aber immer wenn ich dich sah, kam mir der Song ‚Tell Laura, I love her' von Ricky Valance in den Sinn. Irgendwann wagte ich es, dich anzusprechen. Ich versuchte, den Text zu ändern und fügte deinen Namen ein, als ich ihn endlich kannte. Das war allerdings nicht ideal, denn bei ‚Tell Hella, I love her' waren einfach zu viele Ls drin. Das war ein echter Zungenverdreher. Du hattest mir ganz schön den Kopf verdreht."

„Ich weiß es noch ganz genau, du hast mich in eine Milchbar eingeladen. Ich sagte sofort zu, obwohl ich jede Art von Milch verabscheute. Aber es war schnell um mich geschehen und ich freute mich riesig auf das nächste Treffen. Scheinbar hatte der gute Amor exakt getroffen und zwar uns beide. Wir verbrachten jede freie Minute miteinander."

„Damals wuchsen doch die kleinen Musikkapellen wie Pilze aus dem Boden. Junge Kerle wie ich dachten, damit das große Geld machen zu können, indem sie auf Schützenfesten oder bei Familienfeiern spielten. Gerade wollte ich viel Geld für eine E-Gitarre ausgeben. Aber ich schlug mir die Musik aus dem Kopf und wollte meine Freizeit lieber mit dir gemeinsam verbringen."

„Weißt du noch, dass wir jeden freien Samstag zum Tanzen gingen? Dann gab es ein paar Schmusetänze unter der Discokugel, zwei Flaschen Becks und du brachtest mich nach Hause."

„Ja, und dann sind wir auf der Treppe im Gleichschritt nach oben geschlichen. Zwei Treppenstufen knarrten so komisch und wir mussten aufpassen, dass deine Eltern dadurch nicht geweckt wurden. Runter musste ich ja auch noch, aber wir hatten Glück, sie haben es nie gemerkt."

„Oje, dann wäre das Theater groß gewesen."
Hella fiel noch ein:

„Wenn wir uns trafen hattest du immer so einen hellbraunen Dufflecoat an."

„Ach ja, den mit den Knebelknöpfen, den habe ich geliebt. Ein Knopf ging mal verloren, das war vielleicht ein Malheur. Danach hatte ich einen olivfarbenen Parka, wieder so ein Trendkleidungsstück."

„Aber denk auch an deine schwarze Lederjacke. Mann, du sahst schneidig damit aus. Wie Horst Buchholz im Film ‚Die Halbstarken'."

„Tolles Kompliment – danke! Da spielte doch Karin Baal mit, oder?"

Hella strahlte über das ganze Gesicht, als ihr der großartige, leider viel zu früh verstorbene Schauspieler James Dean in den Sinn kam. Auch seine Glanzzeit hatte der in den 50er Jahren mit den Filmklassikern „Jenseits von Eden", „Denn sie wissen nicht, was sie tun" und „Giganten". Erst Jahre nach seinem Tod wurde Hella James-Dean-Fan.

Hella blätterte weiter im Album und hatte die ersten Fotos von der süßen kleinen Andrea vor sich. Diese Bilder erinnerten sie zum einen an ihr großes Glück, ihre Liebe zu Udo und an die Freude mit den Kindern. Zum anderen wurden auch die Gedanken an eine harte Zeit wach. Sehr beengt wohnten sie zu Viert unter einem Dach im Haus von Hellas Eltern. Vermutlich meinte Hellas Mutter es gut mit der jungen Familie, doch sie war immer präsent. Ohne anzuklopfen stand sie in der Wohnung der jungen Leute und machte sogar nicht vor der Schlafzimmertür halt. Andererseits brauchten die beiden die Unterstützung durch Hellas Mutter, die es ermöglicht hatte, dass Hella nach Michaels Geburt zunächst weiter arbeiten konnte.

Nach Andreas Geburt war das natürlich nicht mehr möglich. Zwei Kinder konnte und wollte Hella ihrer Mutter nicht zumuten. Hella kündigte ihren sicheren Arbeitsplatz nach Ablauf des Mutterschutzes und hoffte, vor Ort einen Job zu finden. Das gestaltete sich schwerer als gedacht.

Dann spielte das Schicksal mit und Udo und Hella ergriffen ihre Chance, als Udos Onkel Walter seinem Neffen einen Bauplatz überschrieb. Der Onkel war finanziell gut gestellt und sah die Dringlichkeit, dass Udo und Hella ihr eigenes Leben leben mussten. Damit hatte der gute Patenonkel Walter ein gutes Werk getan. Plötzlich konnte der Traum vom Eigenheim Wirklichkeit werden, der Start war gelungen. Hella und Udo planten und rechneten ihre Ersparnisse zusammen. So ganz viel war es nicht. Durch seine Arbeit als Zimmermann auf so mancher Baustelle hatte Udo schon viele Häuser kennengelernt und er wusste genau, wie sein Traumhaus aussehen könnte.

Als die Baupläne genehmigt waren, ging es bald los und es war vor allem Eigenleistung angesagt. Udo kannte viele junge Handwerker aus der Berufsschulzeit, die gern bereit waren, ihn auf dem Bau zu unterstützen. Maurer, Klempner, Elektriker, Zimmerleute, Fliesenleger und Handlanger meldeten sich an jedem Wochenende und der Neubau wuchs von Woche zu Woche. Udos Vater hatte seinem Sohn einen zinslosen Kredit gewährt, den die beiden gern annahmen.

Weil Hella nicht so schnell einen neuen Arbeitsplatz gefunden hatte, jobbte sie bei der Tankstelle an der Kasse. Sie übernahm Spätschichten und Wochenenddienste. Während ihrer Abwesenheit konnte sich Udo um die Kinder kümmern und so nabelten sie sich nach und nach von Hellas Eltern, speziell ihrer Mutter ab, wofür die überhaupt kein Verständnis hatte.

„Was war das für eine harte Zeit! Aber ist ja jetzt egal, wir können stolz sein, dass wir das geschafft haben. Manchmal kam ich mir richtig undankbar vor. Deine und meine Mutter überraschten mich manchmal mit einem neuen Kleidungsstück, weil sie wussten, dass wir ganz schön zu knapsen hatten. Mal gab es eine neue Bluse, einen

Pulli, einen Rock und sogar mal einen Mantel. Ich hatte mich zu freuen, auch wenn die Teile überhaupt nicht meinem Geschmack entsprachen. Erst als ich fast dreißig war und wir aus dem Gröbsten raus waren, konnte ich mich meinem eigenen Geschmack entsprechend kleiden. Ich erinnere mich noch genau an meine erste Jeans und an ein mintfabenes T-Shirt mit dem Eiffelturm auf der Brust. Ich hatte es selbst ausgesucht und von unserem Geld gekauft. Es sollte bergauf gehen."

Udo gestand, dass ihm das damals gar nicht bewusst gewesen war.

„Es wäre wohl klüger gewesen, sie hätten dir das Geld für neue Klamotten in die Hand gedrückt."

Hella nickte stumm.

„Weißt du, worüber ich in den letzten Wochen viel nachgedacht habe?" Udo sah Hella fragend an.

„Du wirst es mir gleich verraten!"

„Wenn wir uns so oft mit unserer Vergangenheit befassen, ist das dann ein Zeichen von Demenz?"

Hella schmunzelte und verbiss sich ein lautes Lachen.

„Meinst du, weil sich Alzheimer-Patienten in ihrer Vergangenheit noch gut zurechtfinden? Dafür kriegen die Bedauernswerten ihr gegenwärtiges Leben nicht mehr auf die Reihe. Und damit haben wir beide zum Glück doch überhaupt keine Schwierigkeiten. Solltest du erst deine Brille in den Kühlschrank legen, dann wird es eventuell Zeit für eine Untersuchung beim Arzt. Ist doch gut, dass wir gegenseitig auf uns achtgeben. Und daran wollen wir uns halten."

Hella klappte das Fotoalbum zu, ihr schien, als sei es genug für diesen Abend. Schließlich wollte sie ihren Udo nicht emotional überfordern.

Weißt du noch

Am nächsten Abend waren sich Hella und
Udo einig. Nach dem Abendessen gab es
kein Spiel, nicht mal das Kniffel-Spiel. Die
beiden Fotoalben, die Hella am Vorabend
schon hervorgekramt hatte, blieben zu. Beide
hatten sich im Laufe des Tages an die
Gespräche vom Vortag erinnert und noch
etwas zum Thema „Weißt du noch" zu
ergänzen.

Hella fing an:

„Als wir zum ersten Mal in der Milchbar waren, steckten wir so manchen Groschen in die Music-Box. Du hattest die Beatles gedrückt mit ihrem ‚I want to hold your hand' und fasstest schüchtern nach meiner Hand. Ich spür noch jetzt, wie mir die Verlegenheitsröte ins Gesicht stieg. Aber es fühlte sich so gut an!

Unser Song war doch auch ‚Vorm Stadtpark die Laternen' mit Gitte und Rex Gildo. Aber auch ‚Liebeskummer lohnt sich nicht' mit Siw Malmquist war mein heimlicher Hit, denn ich hatte riesige Angst, dich an eine Andere zu verlieren."

„Da brauchtest du keine Angst zu haben, ich wollte keine andere Freundin.

Mir fiel noch ein, dass ich immer in der neusten „Bravo" nach Ratschlägen in Beziehungsfragen gesucht habe, aus Angst, dich zu verlieren.

Ach - und 69, da hatten wir bereits unsere beiden Kinder und keinen Pfennig zu viel in der Tasche. Ich glaube, wir haben es uns vom Munde abgespart, aber die Kinofilme von Oswald Kolle haben wir uns nicht entgehen lassen. Der fühlte sich doch als Aufklärer der Nation. Seine Filme ‚Deine Frau, das unbekannte Wesen' und ‚Dein Mann, das unbekannte Wesen' haben uns aber nicht viel schlauer gemacht.

Heute musste ich wieder an meinen Jugendtraum denken, in einer Kapelle zu spielen. So angehimmelt zu werden wie Elvis oder mindestens wie Peter Kraus, das war mein heimlicher Wunsch. Da war auch der Gedanke an einen Nebenverdienst. Das hatte mein Freund Rainer auf andere Art versucht. Ich glaube, den hast du nicht mehr kennengelernt, der ist nach Bayern gezogen. Der hat, wenn die richtigen Leute in der Kneipe waren, darum gewettet, dass er den Blumenstrauß aus der Vase verspeisen würde. Damit hat er so manchen Heiermann verdient. Er hat ohne mit der Wimper zu zucken Tulpen und Astern verputzt, ist dann rausgegangen und hat alles wieder ausgespuckt. Ach, ja, was der Rainer jetzt wohl macht?"

„Erinnerst du dich noch an die Nyltest-Hemden, die Anfang der Sechziger groß in Mode waren. Pflegeleicht und bügelfrei waren sie. Aber es dauerte nicht lange, bis sie vergilbt waren? Das waren reine Schwitzkästen, dementsprechend müffelten die Männer."

„Und weißt du noch, dass man jede kleine Schuppe und jeden winzigen hellen Fussel unter dem Licht der Disco-Kugel auf den Klamotten sehen konnte!"

„Stimmt, das sah urkomisch aus."

„Apropos Nyltest! Meine und auch deine Mutter erwarteten, dass ich im Haus einen Nyltestkittel trug. Damit konnte ich mich nie anfreunden."

„Aber du hast doch immer so bunte Halbschürzen getragen."

„Ja, stimmt, die waren eigentlich ganz schön praktisch. Da konnte man bei Bedarf schnell mal die Hände abwischen. Und die großen Taschen waren auch nicht zu verachten. Taschentücher, Wäscheklammern, Knöpfe und allerlei Kleinkram fanden sich da in kurzer Zeit zusammen."

Udo wurde wieder etwas nachdenklich:

„ Hättest du dir damals nicht die Rentenversicherung auszahlen lassen, hätten wir wohl auf Apfelsinenkisten sitzen müssen."

„Zum Glück war es damals möglich, sich bei Heirat den Betrag der Rentenansprüche auszahlen zu lassen. Zulässig in den Wechselfällen des Lebens, wie es damals hieß.

Immerhin haben wir die Möbel für das ganze Haus davon anschaffen können. Kein Luxus, aber immerhin! Wir hatten alles in unserem kleinen Reich.

Die Möglichkeit der Abfindung hat man heute ja nicht mehr und das ist auch gut so."

„Wie haben sie sich alle darüber aufgeregt, dass wir in den Wohn- und Schlafräumen Teppichbodenfliesen verlegten. Das kam unseren Eltern nicht geheuer vor: Fußböden, die nur gesaugt und nicht gewischt oder gebohnert werden konnten. Dauerte aber nicht lange, bis auch sie Teppichboden verlegen ließen."

„Was wir nicht hatten, wurde uns geschenkt. In der Küche war die vorwiegende Farbe rot. Wir hatten doch die Regale mit Vorratsdosen von Emsa. Große Dosen für Zucker, Salz,

Kaffee und so und die kleineren für Gewürze.

Passend dazu noch Brotschale und Marmeladendose. Schade, dass wir sie nicht mehr haben, die könnte man heute gut bei Ebay anbieten."

„Die hatten wir aber nicht gleich, wenn mich nicht alles täuscht, gab es die erst Anfang der 70-er Jahre". „Und die Prilblumen? Die klebten doch fast auf jeder Fliese in der Küche. Sie waren doch auch hip in der Zeit."

Es folgte noch eine kleine Diskussion, ob die roten Dosen und die Prilblumen in den 60-er oder in den 70-er Jahren die Küche verziert hatten.

Hella erinnerte sich an die Anfänge der Flower-Power Zeit im Jahr 1965. Wären sie nicht schon im nächsten Jahr Eltern geworden sein, hätte sie sich vielleicht der Hippie-Bewegung mehr zugewandt. Aber die Verantwortung für Michael und später auch Andrea und der Hausbau ließen ihnen keine Zeit für solche Flausen, wie sie es damals nannten. Sie verfolgten   interessiert die

Berichte über das Woodstock-Festival, hatten aber nie den Wunsch, dabei zu sein.

Udo erinnerte sich an den Satz:

‚Make love, not war', der von den Blumenkindern als Slogan für die Antivietnamkriegsbewegung geprägt worden war.

Ganz verschmitzt fügte er hinzu:

‚Make love' wurde uns ja dank Pille leichter gemacht.

Ach, übrigens: Blumenkinder waren wir doch auch."

Hella hatte Fragezeichen in den Augen.

„Denk an die Prilblumen."

„Moment mal, die gab es wirklich erst Anfang der 70-er Jahre", warf Hella ein, aber wo er recht hatte, hatte er recht.

Noch bevor Udo den Fernseher für die Tagesschau einschaltete, drückte er seiner Hella einen dicken Kuss auf die Wange.

Udo

Hella und Udo waren schon gespannt, wie sich der nächste Abend gestalten würde, vor allem in der Zeit zwischen halb sieben und acht. Hella legte zwei alte Fotoalben auf den Tisch. Eins davon hatte Udos Mutter ihrem Sohn zum Geschenk gemacht, als er gerade Vater geworden war.

Hellas Mutter hatte Gefallen daran gefunden und auch ihre eigenen Alben geplündert, um eins für ihre Tochter zusammenzustellen.

Mit welchem sollten sie beginnen? Hella machte die entsprechende Handbewegung und fragte: „Schnick-Schnack-Schnuck?"

Udo nickte. Zweimal formten ihre Hände das gleiche Symbol, aber dann gewann Udo.

Hella blätterte sein Album auf und sie bestaunten die ersten Babyfotos von Klein-Udo. Natürlich gab es eins, als er als Nackedei bäuchlings auf einem Schafsfell lag. Udo mal lachend, mal weinend, mal mit seiner Mama, mal mit seinem Papa.

Quadratisch und ziemlich klein waren die Fotos, natürlich schwarz-weiß mit gebogter weißer Kante. Udo mit seinem Bruder in einer Zinkwanne –man konnte nicht sehen, ob sie mit Wasser gefüllt war. Hella amüsierte sich über das Foto, auf dem Udo einen Matrosenanzug trug. Es folgte das Bild von Udos erstem Schultag. Er trug stolz seine Schultüte, die eher bescheidene Ausmaße hatte.

„Ich weiß noch, es waren Buntstifte darin und Äpfel. Und das tollste waren die Luftballons."

Es gab Fotos von Schulausflügen, Sportfesten und Geburtstagsfeiern und natürlich das Konfirmationsbild.

Hella kicherte beim Anblick des Konfirmanden, denn Udo machte darauf noch einen ziemlich kindlichen Eindruck. Danach hat er nicht mehr viel Zeit gebraucht, um vom Kind zum gestandenen Mannsbild zu werden.

Udo grinste, als er die Fotos vom Abtanzball sah. Wie steif er da neben seiner Tanzpartnerin stand.

„Monika hieß sie. Mit ihr hab ich nicht nur das Tanzen ausprobiert. Sie war im Laufe des Kurses mein Schwarm geworden. Aber das Feuer hat zum Glück nicht lange gelodert."

Weitere Fotos zeigten Udo mit seinen Kumpels, mit denen er ursprünglich die Tanzkapelle gründen wollte.

Und dann kam der Hammer:

Udo in seiner ersten Zimmermannskluft:

Das weiße kragenlose Hemd mit den Biesen im Vorderteil, dazu die schwarze Zunftweste mit den acht weißen Perlmuttknöpfen und der schwarzen Schlaghose.

Um den Hals trug er das rote Schnupftuch und auf dem Kopf den großen Zimmermannshut. Unter der Weste konnte man sein Koppel mit dem Zunftzeichen auf dem Koppelschloss erkennen.

Auf einem weiteren Foto hielt Udo lässig seine Zunftjacke in der Hand.

Inzwischen waren die Bilder auch farbig geworden.

„Was warst du doch für ein fescher Kerl!" schwärmte Hella.

„Was heißt hier warst?"

„Hast ja Recht, bist es immer noch, auch ohne deine Kluft."

Auf der nächsten Seite klebte ein Bild von Udo, dieses Mal wieder in Matrosenuniform. Seine Zeit beim Militär hatte er wunschgemäß bei der Marine verbracht. Aber nur ein Jahr und keinen Tag länger, wie Udo betonte. Gleich nach Abschluss der Lehrzeit war Udo zur Bundeswehr gegangen. Er war froh, dass er danach wieder bei seinem Meister arbeiten konnte.

Als letzte Bilder in Udos Album hatte seine Mutter damals die von der Hochzeitsfeier geklebt. Die hatten sie tatsächlich dreifach: In jedem der drei Alben einmal – in einem als erstes, in den beiden anderen zum Schluss.

Udo erinnerte sich an sein Arbeitsleben, das er ausschließlich in einem Betrieb verbracht hatte. Nach seinem 28. Geburtstag besuchte er die Meisterschule, blieb aber weiterhin im selben Betrieb tätig. Ein paar Jahre später wurde sein Meister krank und er bot Udo die Übernahme der Zimmerei an. Damals hatte Udo lange mit Hella diskutiert, ob das der richtige Weg sein könnte. Schließlich entschied er sich dagegen, denn er scheute das

Risiko. Die Konflikte im Nahen Osten waren verantwortlich für die Ölkrise in Jahr 1973, die sich zur Wirtschaftskrise ausweitete. Es ging so weit, dass sonntags Fahrverbote ausgesprochen wurden. Wie würde sich das in der Baubranche auswirken?

Udo arbeitete weiter als Meister im selben Zimmereibetrieb unter der Leitung eines neuen Chefs und hatte seinen Entschluss nie bereut. Es wurde eine perfekte Konstellation, denn Udo war der Praktiker und sein Chef der Kaufmann.

Allzu gern dachte Udo an sein Berufsleben zurück und war stolz, dass er noch über alle Finger verfügte. Kaum zu glauben, dass er schon zehn Jahre lang Rentner war.

Hella

Schon am Vormittag hatte Hella in ihrem Album gestöbert, das sie zur Dämmerstunde mit Udo zusammen anschauen wollte. Es gab nur ein Babyfoto von ihr, dabei handelte es sich um ein Familienfoto, auf dem sie mit Antje und den Eltern zu sehen war. Das wurde von einem Fotografen aufgenommen, als sie ein halbes Jahr alt war. Hellas Mutter hatte es immer wieder bedauert, dass es in den ersten Nachkriegsjahren keine Filme zu kaufen gab. So etwas wurde damals vermutlich als Luxusartikel gehandelt.

Abends saßen die beiden nebeneinander auf der Couch und bestaunten Klein-Hella in einem Fahrradkörbchen sitzend. Da hatte es wohl an einem heißen Sommertag eine Familien-Fahrradtour gegeben, denn alle Vier waren leicht bekleidet.
„Was ist das denn?" Fragend schaute Udo seine Hella an, als er ein Foto von ihr erblickte, auf dem sie einen weißen Pelzmantel trug.

„Das war mein ganzer Stolz, leider habe ich ihn nur einen Winter lang tragen können, dann war er zu klein geworden. Soweit ich weiß, war der aus zweiter Hand gekauft. Echt Karnickel! Aber warm war er doch. Der war schon außergewöhnlich, ich wurde häufig darin bestaunt.

Dann folgten die Bilder von Hellas erstem Schultag, mal im blauen Mäntelchen mit weißen Perlmuttknöpfen, mal in einer bunten Blümchenbluse am Schultisch vor der Tafel sitzend. Natürlich waren das auch schwarz-weiße Fotos, aber Hella beschrieb Udo alle Details haarklein.

Hella lachte, als sie die nächste Seite aufschlug, denn sie traf auf Hochzeitsbilder. Ihr Cousin Dieter, der Feriengast war, verkörperte den Bräutigam.

„Sieh mal, er trägt einen dunklen Trainingsanzug, ein weißes Hemd und eine Baskenmütze. Ich durfte die Braut sein, hatte mein rosa Kleidchen an, das von der Goldenen Hochzeit. Als Schleier trug ich ein weißes Gerstekornhandtuch, das sich nur mit einiger Mühe in meinem weichen Haar halten wollte. Dazu trug ich noch einen geflochtenen Blütenkranz aus Gänseblümchen. Und da siehst du Dieter, als wir ihn als Mädchen verkleidet hatten. Mutti hatte ihm ein geblümtes Kleid von Antje angezogen und ihm eine blaue Schleife ins Haar gebunden. Und das hier ist ein Kuriosum: Das sind zwei Fotos übereinander, denn Mutti hatte den Film nicht weiter transportiert. Schau mal, hier liegen wir im Gras und da stehen wir, Antje trägt eine kleine Gießkanne in der Hand."

Hella war richtig aufgeregt bei der Erinnerung an diese Sommerferien.

Ähnlich wie bei Udo gab es Bilder von Geburtstagsfeiern, Schulausflügen und Sportwettkämpfen.

Beim nächsten Foto bedurfte es wieder einige Erklärungen. In der Schule gab es eine Karnevalsfeier, jeder Schüler sollte im Kostüm erscheinen.

„Ich wollte als Seiltänzerin gehen, dafür hatte mir eine Bekannte ein Kleidchen aus rosa Krepppapier mit goldenem Besatz genäht. Damit drehte ich mich kokett und hielt ein rosa-weißes Schirmchen aus Papier am Pappstiel fest in der Hand.

Ich verkörperte mich sofort mit meiner neuen Rolle und schnupperte förmlich Zirkusluft in der Nase. Aber dann kam der Hammer. Sollte ich doch tatsächlich einen weißen Rollkragenpullover darunter anziehen, schließlich war Februar. Ich war der Meinung, dass der ganze Chic damit flöten ginge, denn welche Seiltänzerin ging schon mit einem Rollkragenpullover aufs Seil? Ich nicht!

Meine Mutter blieb hart, zumal ich eine Erkältung ausbrütete. In der Schule zog ich gleich den lästigen Rolli aus, bevor ich mich meinen Freundinnen zeigte.

Schönheit lässt bekanntlich keine Kälte durch, oder wie hieß es so schön. Ich merkte jedenfalls bald, dass rosa Krepppapier nicht gerade wärmte und zog mir den Pullover reumütig wieder an, wie man es deutlich auf dem Foto sehen konnte.

Diese Faschingsfeier muss im Jahr 57 gewesen sein, als die Zeiten immer noch nicht gerade rosig waren. Du glaubst aber nicht, was meine Mitschüler und Mitschülerinnen für tolle Kostüme trugen: Der Hans ging als Storch und hatte ein Kostüm mit echten schwarzen und weißen Federn an, dazu trug er lange rote Strümpfe. Unvergessen Otto als Osterhase. Der trug einen Ganzkörperanzug aus kuscheligem brauen Fell mit einem Stummelschwanz. Die Mütter der beiden Jungen müssen ein tolles Talent gehabt haben. Ansonsten gab es Zigeunerinnen, Mädchen mit Marien-käferhäubchen, Teufelchen und natürlich Cowboys und Indianer."

Fotos von Hellas Konfirmation durften natürlich in diesem Album nicht fehlen. Udo konnte seine Hella leicht in der Gruppe ihrer Mitkonfirmandinnen ausmachen. Er sah sie erst im Mantel auf dem Weg in die Kirche und dann in ihrem schwarzen Kleid mit dem Samtkragen.

Auf der nächsten Seite war aus dem Kind Hella schon eine junge Frau, oder besser ein Fräulein geworden. Es zeigte sie im Kreise einiger Kolleginnen.

Hella und Udo amüsierten sich über die Frisuren der damaligen Zeit. Hella trug die Haare halblang, natürlich toupiert. Die vorderen etwas längeren Haarspitzen hatte sie zu „Sechsen" geformt. Diese Prozedur passierte nachts: Abends wurden die

Haarspitzen angefeuchtet, zu Sechsen gedreht und mit Tesafilm fixiert oder mit Haarclipsen festgehalten. Nicht immer zeigte diese Aktion am nächsten Morgen das gewünschte Ergebnis.
Wie auch in Udos Album waren in Hellas die Hochzeitsfotos die letzten. Dieses Mal trug die Braut einen richtigen Schleier und nicht so ein olles Handtuch.

Hella klappte das Album zu und bevor sie den Fernseher einschaltete sagte sie:
„Es hat doch was, die alten Fotos anzuschauen. Sicher macht es Mühe die Bilder in die Alben zu kleben und die Fotos zu beschriften. Das ist ja heute mit den Fotos auf dem Smartphone viel leichter. Knipsen und das Ergebnis gleich anschauen können, toll! Aber sie gemeinsam anschauen, das macht man kaum noch. Nur selten haben wir die Fotos von der Digitalkamera ausdrucken lassen. Kannst du an einer Hand abzählen, wie oft wir sie zusammen angesehen haben, sie sind ja alle auf dem PC gespeichert."
„Was für ein Fortschritt in all diesen Jahren! Es ist aber immer noch interessant, so ein

altes Album in Händen zu halten.", fügte
Udo hinzu.

Zwangspause

Den nächsten Abend verbrachten Hella und Udo zusammen mit einigen Nachbarn. Herbert von nebenan war 60 geworden und feierte seinen Geburtstag in einem Restaurant. Früher hätten sich Hella und Udo sehr über eine willkommene Abwechslung gefreut, aber jetzt? Sie sprachen zwar nicht drüber, aber beide vermissten auf ihre Art die ihnen so lieb gewordene gemeinsame Zeit zwischen Abendessen und Tagesschau.

„Reise rückwärts" nannte Udo diese Zeit insgeheim. Hella dagegen hatte immer den Begriff „Vintage" im Kopf, der für sie für: altmodisch, alt, klassisch oder aus einer früheren Zeit stand.

An diesem Abend war die Reise rückwärts und der Begriff Vintage bedeutungslos, denn an diesem Tag ließen sie Herbert ausgiebig hochleben.

Fröhliche Weihnachten

Als Hella am nächsten Abend das Memory-Spiel bereit legen wollte, war es nicht am gewohnten Platz. Suchend ließ sie ihre Blicke schweifen. Vergeblich!

Als sie Udo nach dem Verbleib fragen wollte, fand sie ihn am Tisch sitzend. Vor sich hatte er schon die Kärtchen ausgebreitet und sah seine Hella in froher Erwartung an. Sie schmunzelte. Nie hatte sie erwartet, dass Udo Gefallen an den neuen abendlichen Beschäftigungen, die schon fast ein Ritual waren, finden könnte.

Udo fand das nächste Kartenpärchen: einen geschmückten Weihnachtsbaum. Das könnte interessant werden.

Er begann gleich mit den Worten:

„Obwohl Walter und ich wussten, dass alles wie im Vorjahr verlaufen würde, war die Spannung vor der Bescherung groß. Wir bekamen einen neuen selbstgestrickten Pullover, vielleicht noch Handschuhe und Socken, ein paar Nüsse, Kekse und Äpfel und gut war es. So etwas bekamen andere Kinder nicht in den kargen Nachkriegsjahren. Bei den Großeltern hatte der Weihnachtmann auch noch etwas für uns abgegeben. Mal einen Schlafanzug oder ein Paar Hausschuhe. Einmal gab es sogar Spielzeug und etwas für die Schule – einen Ball und einen Tuschkasten.

Als ich vielleicht sechs oder sieben war, sollte sogar der Weihnachtsmann persönlich zu uns kommen. War es Angst, Ehrfurcht oder Respekt, ich weiß es nicht mehr, weshalb das Herzchen höher schlug. Walter war ja gut ein Jahr älter als ich und ihm ging es wohl ebenso.

Plötzlich war lautes Gepolter an der Haustür zu hören. Wir hörten Stimmen und erkannten die unseres Vaters, aber zu wem gehörte die andere Stimme? Nur kurz und schon war der ganze Zauber vorbei. Vater kam ins Wohnzimmer zurück und trug eine große Rute in der Hand, die einem kleinen Reisigbesen glich. Er erklärte uns, dass der Weihnachtsmann zu wenig Zeit habe und die Rute für die beiden Jungen abgegeben habe, weil diese nicht immer gehorsam gewesen seien. Etwas tröstlich, es hingen immerhin ein paar Schokokringel an der Rute, die harten mit den klitzekleinen Streuseln obendrauf.

Walter kniff in meinen Arm, zog mich zur Seite und flüsterte mir ins Ohr: ,Brauchts keine Angst zu haben. Die Rute ist von Opa, das ist nämlich genau sein Sackband, das er sonst für seine Mehl- und Kartoffelsäcke gebraucht.'

Schnell war alle Scheu verflogen und meine Zweifel an der Existenz des Weihnachts-mannes wurden größer. Davon verrieten wir den Eltern aber nichts, denn wir wollten ihnen die Freude nicht nehmen."

Hella war ganz gerührt von Udos Weihnacht-serinnerungen.

Lag es daran, dass Antje und sie ein paar Jahre jünger als Walter und Udo oder daran, dass sie Mädchen waren - Hellas Eltern hatten die Weihnachtsfeste anders gestaltet. Wie auch bei den Jungen gab es einen geschmückten Baum, eine Fichte mit pieksenden Nadeln, die sich sehr schnell von den Zweigen lösten. Ein gutes Abendessen gab es ebenfalls vor der Bescherung.

Antje und Hella bekamen meistens die gleichen Pullover, die gleichen Röcke und die gleichen Mützen…, die nicht selten unterm Tannenbaum lagen. Ganz zu Hellas

Leidwesen, denn sie musste auch Antjes zu kleine gewordenen Pullover und Röcke nachtragen. So trug sie nicht selten einen Pullover drei oder vier Jahre lang.

„Ich habe sehr lange ganz fest an den Weihnachtsmann geglaubt und es brach eine Welt für mich zusammen, als ich einsehen musste, dass es ihn nicht wirklich gab. Wer hätte denn sonst ein paar Wochen vorm Fest die Puppen abgeholt? Und wer hätte die neuen Kleider genäht? Das konnte nur der Weihnachtsmann gewesen sein. Basta.

So üppig hatten es meine Eltern auch nicht, trotzdem wurden wir zu Weihnachten immer reich beschenkt. Selbstgestricktes, Genähtes aber auch Spielzeug und ein bunter Teller warteten auf uns. Ich freute mich sehr über die Geschenke und wunderte mich, dass ich, wie in den Jahren zuvor, den Weihnachtsmann verpasst hatte.

Einmal bekamen wir sogar einen Kochherd mit kleinen Pfännchen und Töpfen. Es roch zwar etwas unangenehm, wenn sich Spiritus- und Bratkartoffeldüfte miteinander vermischten. Die kleinen Pfannen waren zu groß für eine kleine in Scheiben geschnittene

Kartoffel. Dennoch haben wir häufig kleine Kochversuche unternommen, bis der Herd aus mangelndem Interesse auf dem Hausboden landete.

Habt ihr denn auch Geschenke gemacht?"
Fragend sah Hella ihren Mann an.

„Nachdem uns eine Laubsäge geschenkt wurde und wir somit ein neues Hobby hatten, sägten wir drauflos. Kleine Wandbilder, einen Zeitungsständer und sogar eine kleine Krippe hatten wir ausgesägt, verleimt und zum Teil bunt angemalt.

Aber da war ich schon etwas größer. War praktisch, denn so hatten wir gleich ein Geschenk für jeden aus der Familie."

„Vielleicht fing da schon deine Vorliebe für Holzarbeiten an, du alter Holzwurm! Ich habe liebend gern gehäkelte Topflappen verschenkt.

Erinnerst du dich noch an unser erstens gemeinsames Weihnachtsfest? Wir waren ja schon zu Dritt. In unserer kleinen Wohnung gab es kaum Platz für einen Tannenbaum. Ich hatte ein paar weihnachtlich geschmückte Zweige an die Wand gehängt. Bescherung und Festessen fand dann bei unseren Eltern statt, so hatten sie es bestimmt. Und wir hatten nicht den Mut zu sagen, dass wir lieber allein sein wollten – sie hätten es nicht verstanden."

„Sie haben es doch auch nur gut gemeint, meinst du nicht?"

„Ja, heute sehe ich vieles anders", meinte Hella nachdenklich.

„So richtig spannend wurde es doch erst, als Michael vier und Andrea zwei Jahre alt war und wir im neuen Haus wohnten. Da war es unsere Aufgabe, weihnachtliche Vorfreude zu verbreiten."

„Das stimmt schon, war für alle ziemlich stressig. Zuerst fuhren wir mit den Kindern zu deinen Eltern zur Bescherung, dann zu meinen und erst am Schluss kam der Weihnachtsmann zu uns. Das war wirklich nicht kinderfreundlich. Mir war es dann zum Glück gelungen, alles mit einer Feier zu erledigen. Ich kochte das Weihnachtsmenü für alle und wir luden deine und meine Eltern ein. Eine Bescherung und nicht so viel Aufregung für Michael und Andrea."

„Ja, das klappte besser, obwohl du die meiste Arbeit an der Backe hattest."

„Vergessen, es bleiben die schönen Erinnerungen zurück.

Wenn ich an Weihnachten denke kommt mir spontan eine Geschichte ins Gedächtnis. Erinnerst du dich daran, dass wir mit den Kindern zum Gottesdienst gingen?

„Ich weiß schon, was du erzählen willst. Da hatte sich Andrea ganz schön etwas geleistet!"

Beide schwelgten wieder in ihren Erinnerungen. Andrea war knapp vier Jahre alt als die Eltern ihre Kinder zum Kindergottesdienst begleiteten. Es sollte ein Krippenspiel aufgeführt werden. Die Kirche war schon gut besucht und sie konnten gerade noch zusammen einen Platz ergattern. Es war trotz der vielen Kirchgänger erstaunlich leise in der großen Kirche. Hier und da wurden getuschelt und gemurmelt.

Als der Pastor in seinem langen schwarzen Talar in der Nähe des Altars erschien, hielt es die kleine Andrea plötzlich nicht mehr auf ihrem Platz und sie rief so laut sie konnte: „Mama, Papa guck mal, da ist Gott!" Sie ließ nicht locker und rannte, so schnell es ihre Beinchen zuließen, auf den Herrn Pastor zu, im Glauben, sie habe Gott gesehen. Durch die gute Akustik im Gotteshaus hatte auch jeder Andreas Jubelschrei gehört. Hella und Udo waren ihrer Tochter gefolgt, konnten sie aber nicht greifen, bevor sie ihre kleine Hand in die große Pastorenhand gelegt hatte. Der beugte sich freundlich zu ihr herunter, streichelte über ihr Haar und flüsterte ihr etwas ins Ohr.

Die Gottesdienstbesucher freuten sich über ein besonderes Vorspiel vor dem eigentlichen Krippenspiel. Das Lachen klang erst verhalten, wurde dann aber doch gut hörbar.

Es gab noch Gesprächsstoff über ein weiteres Weihnachtsfest. Hella und Udo hatten sich selbst ein schönes Geschenk gemacht, denn sie hatten sich einen neuen hell fliederfarbenen Teppichboden im Schlafzimmer geleistet. Damals war Michael 15 und hatte nur einen Wunsch: Ein Mofa. Seine Eltern waren entschieden dagegen, denn im nächsten Jahr hätte es bestimmt ein Moped sein sollen. Nun gut, einen fahrbaren Untersatz sollte er bekommen und so kauften sie ein tolles Rennrad für Michael.

Nur kurz ließ der Junior die Enttäuschung erkennen, dann überwog die Freude über das Rennrad mit allen Schikanen. Das musste er sofort ausprobieren – im Haus! Er trat an, beschleunigte und testete die Bremsen. Die hielten, was sie versprachen. Drei Teppichfliesen zeigten tiefe Bremsspuren und mussten ausgewechselt werden. Die Reifen hatten schwarze Linien hinterlassen, die eklig stanken.

„Und wie war der Kommentar von Michael", fragte Udo.

Wie aus einem Mund sagten beide: „Freut euch, dass ich nicht in eurem Schlafzimmer gebremst habe!"

Damit sollte er Recht haben.

Das Weihnachtsthema sollten sie sich noch einmal vornehmen. Nur nicht an diesem Abend, denn es wartete ein spannender Tatort im Fernsehen.

Fisch und mehr

Udo hatte am nächsten Abend gleich nach dem Abendessen die Memory-Karten in Händen und vermischte sie auf dem Tisch. Die bereits früher gezogenen Karten-Pärchen hatten sie separiert. Es wäre ja unsinnig gewesen, sie weiter am Spiel zu beteiligen. Bald hatte Hella zwei Karten mit jeweils einem Fisch in Händen und sie sah gar nicht glücklich dabei aus. Dazu wollte ihr nicht recht etwas einfallen.

Beim Anblick der Fische erinnerte sich Udo daran, dass früher fast jeden Freitag Fisch auf dem Speiseplan stand. Mal gebraten, mal gekocht und mal eingelegt.

Bei Hella war es ähnlich gewesen:

„Bei uns stand freitags auch kein Fleisch auf dem Tisch. Es gab Kartoffelpuffer, Pfann-kuchen oder eben Fisch."

Hella fiel plötzlich Lebertran ein, den sie früher immer trinken musste und sie fragte Udo, ob er sich noch an den ranzigen Geschmack der gelblichen, unangenehm schmeckenden Flüssigkeit erinnern könne.

„Ja, klar!" Und er schüttelte sich immer noch bei dem Gedanken an Lebertran, der ihm zur Bekämpfung diverser Krankheiten eingeflößt wurde.

Hella hatte gleich ihr Smartphone in der Hand und informierte sich im Internet über Lebertran.

„Igitt, der wird aus der rohen Leber von Kabeljau, Dorsch und Schellfisch, nicht aber aus dem Tran der Wale hergestellt. Scheint aber gesund zu sein, hat die Vitamine D, E und A und ungesättigte Fettsäuren.

Heute kann man doch Omega 3 Fettsäure-Kapseln kaufen. Sollte mich nicht wundern, wenn die Lebertran-gefüllt sind"

Udo warf ein:

„Hat zwar nichts mit Fisch zu tun, aber irgendwie doch mit Gesundheit. Erinnerst du dich an den Slogan

‚Schluckimpfung ist süß

Kinderlähmung ist bitter'?"

„Ach ja, die Schluckimpfung gegen Kinderlähmung. Da wurden alle unter 40 hin zitiert und bekamen ein paar Tropfen einer Flüssigkeit auf ein Stück Würfelzucker. Das muss 1961 gewesen sein, ich war in der neunten Klasse, das weiß ich noch genau."

„In meiner Klasse gab es ein Mädchen und einen Jungen, die nach überstandener Kinderlähmung ganz schön gehandicapt waren. Wie gut, dass es die schlimme Krankheit heute nicht mehr gibt!"

„Wie auch die Tuberkulose. Bis 1980 kam doch der Röntgenbus in jährlichem Abstand zur systematischen Untersuchung der Bevölkerung."

„Es sind dabei ja nicht nur Fälle von Tuberkulose entdeckt worden, sondern auch Lungenkrebs und Herzfehler."

„Weißt du noch, der Röntgenbus stand doch immer auf dem Parkplatz der Kneipe. Der Wirt hat an diesem Tag immer ein Bomben-geschäft gemacht."

„Ja, ja, einmal sind wir sogar mal kräftig versackt."

„Heute Abend trinken wir doch auch noch ein Gläschen Rotwein, oder? Muss ja nicht so viel sein wie damals."

Geburt

Von weiblicher List hat wohl jeder schon gehört. Von Zeit zu Zeit wandte Hella sie an, aber nur als List light.

Sie wusste, dass es im Memory-Spiel auch Kärtchen mit jeweils einem Baby gab, aber noch nie hatten sie in den letzten Tagen und Wochen ein Paar zusammenbringen können. Heute Abend wollte sie nachhelfen. Hella vermischte die Kärtchen wie immer und schob die mit den Babys an einen

Platz, der sich leicht wiederfinden ließ. Seit Tagen kreisten ihre Gedanken um das Thema Geburt. Geburt früher und Geburt heute! Und an diesem Abend wollte sie gerne darüber reden. Udo merkte nicht, dass Hella da etwas nachgeholfen hatte.

Sie war gleich in ihrem Element, als sie Udo die Karten unter die Nase hielt.

„Als ich damals merkte, dass meine Regel ausblieb, erfuhr mein Hausarzt als erster davon. Er untersuchte mich und überwies mich zum Gynäkologen, weil er der Meinung war, dass ich wegen einer Senkung gar nicht schwanger werden könne. Nun, wie du weißt, hatte er sich geirrt. Der Frauenarzt sprach von einem positiven Ergebnis. Positiv? Ich fiel aus allen Wolken, denn positiv fand ich die Nachricht nicht gerade. Wie würdest du reagieren? Und unsere Eltern? Das würde ein schönes Gezeter geben."

„Ich erinnere mich noch an dein Geständnis. Es war schon ein ordentlicher Schock, aber es machten sich gleich so wohlige Gefühle bei mir und in mir breit. Einerseits freute ich mich riesig, andererseits sah ich allerhand Schwierigkeiten auf uns zukommen. Das Leben wurde plötzlich ernst."

„Wie hätten wir das ohne die Hilfe unserer Eltern geschafft? Obwohl der Preis manchmal ganz schön hoch war. Aber das soll heute gar nicht unser Thema sein.

Vielmehr denke ich an den Verlauf der Schwangerschaft und an die Geburt und vergleiche das mit der heutigen Zeit.

Vielleicht war ich im dritten oder vierten Monat, als ich noch einmal zum Hausarzt ging. Der legte mir ein hölzernes Hörrohr auf den Bauch, um die Herztöne zu hören. Mit Erfolg, aber dann horchte er noch einmal angestrengt auf der anderen Bauchseite und meinte, dass da nichts zu hören sei – Zwillinge könne er ausschließen. Na, das hätte und auch noch gefehlt.

Damals gab es keine Schwangeren-Gymnastik, kein Ultraschall, keinen Mutter-pass und keinen Wehenschreiber. Es stand fifty-fifty, ob man ein Mädchen und einen Jungen austrug. Keiner wusste es. Die Omas strickten in weiß oder vielleicht auch in gelb. Die weißen Mützchen, Jäckchen oder Decken konnte man nach der Geburt noch schnell in rosa oder hellblau umhäkeln.

Ich trug Umstandskleidung von Antje, denn früher versuchten die Schwangeren, den Babybauch unter weiter Kleidung zu verbergen. Ich arbeitete weiter und holte mir höchstens mal ein Mittel gegen Sodbrennen aus der Apotheke."

„Auwei, da hast du aber schon auf etliche Veränderungen hingewiesen. Nina hat doch keineswegs ihren Bauch versteckt. Schon Sabine und Andrea liefen doch stolz mit den Ultraschall-Bildern herum."

„Erst als ich im Mutterschutz war, stellte ich mich bei der Hebamme vor. Ich war ziemlich skeptisch, denn man sagte ihr nach, dass sie schon so manchen frisch gewordenen Vater getröstet habe. Schnell musste ich mein Vorurteil revidieren, dann ich fand sie sehr nett und kompetent. 1966 war es auch noch nicht üblich, dass die Väter die Geburt miterlebten – das war Frauensache."

„Wenn es dein Wunsch gewesen wäre, hätte ich dich in den Kreißsaal begleitet. Ich war froh, dass du mich gar nicht dabei haben wolltest."

„Es war kurz vor 22 Uhr, als die Wehen einsetzten, erinnerst du dich? Ich bin erst noch mal ins Bad gegangen, bevor du mich zur Hebamme gebracht hast. Nach einer Untersuchung meinte sie, es sei zu früh, um ins Krankenhaus zu fahren. Ich bekam ein Bett neben ihrem Schlafzimmer. So bekam wenigstens sie noch etwas Ruhe, bevor es ernst wurde. Erst als die Wehen in kürzeren Anständen kamen, fuhren wir gegen fünf Uhr morgens ins Krankenhaus. Zum ersten Mal sah ich den Kreissaal. Ich hatte Angst, wahnsinnige Angst. Mitfühlend rieb mir die

Hebamme den unteren Rücken, wenn die Wehen allzu heftig wurden.

Doch dann kam eine andere Wöchnerin dazu und eins-zwei-drei, war ihr Kind da. Ich hörte sie fragen:

„Und was ist es?"

„Ein hübscher gesunder Junge!"

Ich sah, wie die Frau sich weinend zur Seite drehte und hörte sie sagen:

„Damit darf ich nicht nach Hause kommen – wir haben schon zwei Jungen. Mein Mann will doch ein Mädchen!"

Ich konnte es nicht fassen und ertrug weiterhin die heftigen Wehen. Wir bekamen weiter Gesellschaft im Kreißsaal, denn eine weitere Schwangere traf ein. Nachdem sie sich ausgezogen hatte, verspürte sie das Bedürfnis, auf die Toilette zu gehen. Es dauerte nicht lange, bis sie laut weinend zurückkam.

„Ich habe gezogen und jetzt ist es weg!" Sie schluchzte und jammerte laut. Aber die Hebamme konnte sie beruhigen, denn ihr Baby war noch im Bauch. So schnell und schmerzlos ging es auch bei ihr nicht.

Gegen neun sollte es bei mir wohl endlich gelingen. Ich hörte die Hebamme, als sie ankündigte:

„Ich kann das Köpfchen schon sehen!"

Weil die Gefahr eines Dammrisses bestand, bekam ich eine leichte Narkose und es wurde ein Schnitt gemacht. So bekam ich Michaels ersten Schrei gar nicht mit. Er war schon angezogen, als er mir in den Arm gelegt wurde. Mein Gott, was für ein Glücksgefühl! Ich war sicher, das allerschönste Baby zu sehen und es mein eigen nennen zu können. Lange schwarze Haare hatte er, nuckelte friedlich und er sah gar nicht so rot wie die anderen Neugeborenen aus. Ich hörte schon deine Stimme auf dem Flur, als ich mit meinem Bündelchen im Arm raus gefahren wurde. Ich freute mich riesig auf den Moment, dir deinen Sohn vorstellen zu können. Doch ich schaute als erstes in das Gesicht deiner Mutter, die gleich bemängelte:

„Der hat ja eine ganz schiefe Nase!"

Das Näschen wurde von der Hebamme etwas gerieben, es hatte bei der Geburt offenbar etwas leiden müssen.

„Ja, ich weiß, das war doof. Nachts mochte ich nicht allein sein und habe bei meinen Eltern gewartet. Als der Anruf kam, wollte Mutter unbedingt mit. Ich hätte auch lieber allein unsere neue „Dreisamkeit" genießen wollen."

„Was war das für ein Glücksgefühl, als ich Michael zum ersten Mal gestillt habe. Der kleine Mann trank mit einer Selbstverständlichkeit und es schien ihm gut zu schmecken."

„Wie lange warst du noch im Krankenhaus? Eine Woche oder sogar zehn Tage lang?"

„Ich weiß es nicht mehr genau. Bei Andrea, unserem Sonntagskind lag ich von Sonntag bis Sonntag, daran kann ich mich noch genau erinnern.

Und heute? Heute kommen die jungen Mamis schon nach drei Tagen wieder nach Hause. Die kleinen Thronfolger verlassen die Klinik mit ihrer königlichen Mutter bereits nach Stunden."

„Ja und ganz früher? Unsere Omas haben ihre Kinder bekommen und sind danach in den Stall oder aufs Feld gegangen, um weiter zu arbeiten. Verrückte Welt!"

„Der Mutterschutz wurde während des Klinikaufenthalts richtig ernst genommen. Jeden Morgen mussten die Wöchnerinnen sich bei den Toiletten zum ‚Spülen' einfinden. Sitzend wurde durch eine Schwester bei einer nach der anderen der Intimbereich mit Kaliumpermanganat gespült. Dass ich mich an den Namen heute noch erinnere! Das war eine dunkelviolette Flüssigkeit, die wohl entzündungshemmend oder keimtötend wirken sollte. Und jetzt wird es eklig: Jede junge Mutter hatte einen Plastikeimer mit Deckel unter dem Bett stehen. Hierin war die erste morgendliche Binde zu entsorgen. Zu den Aufgaben der Säuglingsschwester gehörte es, jeweils den Deckel eines jeden Eimerchens zu lüften, um an dem Inhalt zu schnuppern. In unserem Zimmer machte sie nach dem Schnuppertest immer einen zufriedenen Eindruck."

„So was hast du nie erzählt! Was für einen Sinn sollte das haben?"

„Ich vermute, es ging dabei um die Plazenta und darum, ob sie bei der Geburt komplett ausgestoßen wurde.

Zum Glück klappte es bei Andreas Geburt schneller. Da war ich ja schon alter Hase."

„Klar! Alter Hase mit 22!", schmunzelte Udo.

Globus

Udo zog am nächsten Abend das erste passende Kärtchen-Paar, das einen Globus zeigte. Darauf freute Hella sich sehr, denn sie hatte spontan ein Thema dazu im Kopf. Als sie 37 Jahre alt wurde, war Michael schon 17 und Andrea 15 Jahre alt. Bis dahin jobbte Hella nach wie vor bei der Tankstelle, denn jede Mark, die sie hinzu verdiente, konnten sie gut gebrauchen. Ihre finanzielle Situation hatte sich ein paar Jahre davor entspannt, denn Udos Onkel Walter war plötzlich nach einem Schlaganfall verstorben. Zuvor schon hatte er Udo großzügig als Erben bedacht. Trotz aller Trauer über den plötzlichen Todesfall waren Hella und Udo damals sehr froh, als sie eine Hypothek vorzeitig ablösen konnten. Danach waren die monatlichen Abzahlungen überschaubar und es blieb auch etwas Geld für einen Urlaub und ein wenig Luxus und Vergnügen übrig, worauf sie lange verzichten mussten.

„Erinnerst du dich noch an unseren ersten Urlaub an der Ostsee?", fragte Hella.

„Natürlich, wir waren am Timmendorfer Strand. Die Kinder waren außer Rand und Band, weil sie zum ersten Mal am Meer waren. Wir hatten ja auch Superwetter erwischt."

„Ein paar Jahre später wollten sie schon nicht mehr mit. Es war uncool, mit den Eltern zu verreisen. Na ja, wenigstens Andrea war noch mit uns im Schwarzwald."

„Michael gab uns ja noch einmal die Ehre und kam mit. Ein Flug nach Ibiza reizte ihn dann doch."

„Aber dort wurde er ganz schön unbequem und versuchte, seine eigenen Wege zu gehen."

Hella holte tief Luft, denn ihre Gedanken waren längst woanders:

„Es war glaube ich 1985, als ich mich für jeden Kurs zum Thema Personal- Computer, Datenverarbeitung und so weiter bei der Volkshochschule interessierte. Als ich mich fit genug fand, ging ich auf Arbeitssuche."

„Freie Stellen gab damals auch nicht gerade reichlich auf dem Arbeitsmarkt."

„Wem sagst du das. Ich fand in der Zeitung die Anzeige eines Reisebüros, die eine

Reisebürofraufrau suchten. Obwohl ich keinen Abschluss vorzuweisen hatte, traute ich mich dahin und bot an, probeweise zwei Wochen lang umsonst zu arbeiten."

„Ich erinnere mich genau, schon nach einer Woche hattest du deinen Job. Und der hat dich bis zum Rentenalter ausgefüllt. Da kann man mal wieder sehen, wer nicht wagt, der nicht gewinnt."

„Aber ganz schön paradox. Als ich in Ruhestand ging, hatte sich gerade wegen der PCs die Situation bei den Reisebüros erheblich verändert. Viele Urlauber buchen ihre Reise vom Sofa aus und brauchen keine Beratung im Reisebüro mehr."

Danach schwärmten beide noch von den Reisen, die sie gemeinsam unternommen hatten. Hella saß ja an der Quelle und nutze bei Gelegenheit so manches günstige Angebot.

Nach einer Weile hatte Hella sich noch an etwas erinnert:

„Als ich damals bei der Tankstelle anfing, verkauften wir anfangs Benzin, Diesel, Gemisch und Öle, vielleicht noch ein paar Sicherungen und Glühbirnen.

Erst viel später wurden die Tankstellen zu kleinen Supermärkten.

Damals gab noch einen Tankwart. Das war sogar ein Lehrberuf."

„Ja, und da gab es auch den Siegfried, der als Tankwart bei euch gearbeitet hat. Oh, wie war ich eifersüchtig auf den, denn ich wusste, dass der dir schöne Augen gemacht hat."

„Siegfried? Siegfried war fleißig und hat gewissenhaft gearbeitet: Tank befüllen, Scheiben putzen und alles, was dazu gehörte. Aber keine Sorge, Siegfried war schwul, aber das durfte doch keiner wissen. Der § 175 wurde erst 1969 reformiert."

„Das hätte ich wissen sollen. Dann war ja meine ganze Eifersucht umsonst!"

„Hättest mich man fragen sollen, mein Schatz."

Heute konnten beide drüber lachen.

Schmunzelnd erinnerte sich Helga:

„Der Siegfried hatte einen ganz treuen Kunden, von dem er häufig erzählte. Horst hieß er, glaube ich. Leider habe ich ihn nicht mehr kennen gelernt. Der kam immer auf

seinem kleinen Motorrad und wollte für 50 Pfennig tanken."

Stadt, Land, Fluss

Hella war es nicht entgangen, dass Udo am Vormittag irgendetwas ausgebrütet hatte. Er hatte einige Zeit am Computer verbracht und sehr geheimnisvoll getan.

Nach dem Abendessen platzte er heraus:

„Heute Abend spielen wir so was wie Stadt, Land, Fluss! Ich habe da schon etwas vorbereitet."

„Gute Idee", stimmte Hella zu, denn an das Spiel hatte sie schon lange nicht mehr gedacht.

Udo druckste herum:

„Nicht so wie früher. Also – einer sagt „A" und buchstabiert leise weiter, bis der andere „Stopp" sagt. Da..."

Hella unterbrach ihren Mann:

„Ist doch so wie früher!"

„Nein. Wir spielen ja nicht Stadt, Land, Fluss!"

Hella hatte Fragezeichen in den Augen. Wortlos drückte Udo Hella zwei Blätter in die Hand. Auf einem DIN A4-Blatt hatte Udo 4 Spalten eingerichtet und folgende

Überschriften eingetragen: Elvis, Beatles, Abba, und Interpret oder Titel.

Da sollte nun einer schlau werden, doch es dauerte nicht lange, bis Hella richtig kombiniert hatte.

„Du meinst, wenn wir den richtigen Buchstaben gefunden haben, tragen wir Titel von den Interpreten ein, so, wie es da steht?"

„Ja, genau. Für jeden Titel vergeben wir zehn Punkte, wenn wir beide den gleichen Titel haben, gibt es nur fünf Punkte. Wenn nur einer einen Titel wusste, bekommt er zwanzig Punkte. Ich hab mit überlegt, man darf auch zwei Titel eintragen und bekommt noch zwanzig Zusatzpunkte."

„Also Elvis und die Beatles sind klar. Aber Abba gab es doch erst in den 80ern."

„Stimmt, da wollen wir heute mal großzügig sein, schließlich waren wir beide Abba-Fans. Und in der letzten Spalte kannst du einen bekannten Interpreten oder Titel von früher eintragen."

„Okay, dann man los. Ich sag „A", sagte Hella, die Gefallen an diesem Spiel gefunden hatte. Als Udo sie stoppte, war sie beim „H" angelangt.

Hella schrieb auf ihr Blatt:

Hardbreak Hotel, Hey Jude und Hello Dolly.

Udo fand Hound Dog, Hey Jude und Bill Haley.

Einen Abba-Titel mit dem Buchstaben H beginnend, hatten beide nicht gefunden. In der ersten Runde gab es 25 Punkte für beide.

Jetzt war Udo für den Anfangsbuchstaben zuständig. Hella stoppte ihn, als er beim „T" angelangt war. Und so begann die zweite Runde.

Tutti Frutti, The Hippy Hippy Shake, Take a Chance on me, Tennesee Waltz

Diese Titel hatte Hella aufgeschrieben und Udo hatte diese Ideen:

Tutti Frutti, Thats all right, Thank you for the Music, Tina Turner.

In dieser Runde gab es 35 Punkte für beide.

Im dritten Versuch war der Buchstabe „I" gefragt.

Hella legte los:

In the Ghetto, I want to hold your Hand, I can't stopp loving you. Ein Abba-Titel war ihr nicht eingefallen.

Udo schrieb:

In the Ghetto, It does'n matter any more und It's so easy

Er hatte auch keine Idee für einen Beatles- oder Abba-Titel mit I beginnend. Dafür wusste er zwei Buddy-Holly-Titel.

Wieder bekamen beide 35 Punkte.

„Das ist ja langweilig, immer die gleich Punktzahl", murrte Udo.

„Warts ab", meint Hella.

„Gleich überhole ich dich."

In der nächsten Runde waren Titel mit einem „S" gefragt.

Hella strahlte und legte los:

Shake, Rattle and Roll, She loves you, Super Trouper, Simply the Best

Das sollte Udo erst einmal nachmachen. Er schrieb:

Surrender, SOS, See you later Alligator

So etwas Blödes, ein S-Titel der Beatles wollte ihm partout nicht einfallen.

Hella bekam 50 Punkte und Udo 30. So hatte er das mit seiner Bemerkung vorher nicht gerade gemeint, aber der Vorsprung war seiner Frau gegönnt.

„Wann war Elvis damals eigentlich in Deutschland? Das war doch so ein Trara, als er in Bremerhaven ankam, um seinen Militärdienst abzuleisten."

„Das muss 58 gewesen sein, ich bin mir ziemlich sicher."

Als das „M" gewählt wurde, hatte Hella spontan Mamma Mia und Money, Money, Money von Abba im Sinn, aber das Telefon klingelte. Nicht gerade froh über diese Unterbrechung nahm Hella den Hörer ab. Udo sah, dass Hella erschrocken auf den Anruf reagierte. Ihr Schwiegersohn Stefan berichtete von einem Autounfall, durch den Andrea und Nina verletzt wurden. Sie hörte, dass zum Glück keine Lebensgefahr bestand. Andrea hatte sich ein Bein und die Enkelin Nina den rechten Arm gebrochen, dazu hatten beide eine Gehirnerschütterung. Erst einmal klärte Hella Udo auf und hörte dann Stefans Bitte: Könnt ihr bitte für ein paar Tage kommen? Ihr wärt uns eine große Hilfe. Inzwischen hatte Hella das Telefon laut gestellt und so freute sich Stefan über die Zusage seiner Schwiegereltern. Gern wollten Sie ihrer Tochter und deren Familie Hilfe zukommen lassen. So hatten sie es immer gehalten – sich niemals aufdrängen, aber bereit sein, sollte Hilfe erbeten werden. Wie gut, dass nichts Schlimmeres passiert war.

Das unbeschwerte Spielen war abrupt beendet worden. Jetzt hieß es Koffer packen und dann ging es ab nach Kassel.

Hella und Udo wünschten sich noch viel gemeinsame Zeit, in der sie auch ihre Spielchen weiterspielen könnten.

Unterwegs

Noch am Vorabend legte Hella alles für die bevorstehende Reise bereit. Udo holte die Koffer vom Boden und morgens in aller Herrgottsfrühe packten beide Kleidungsstücke und Badeutensilien ein.

„Hast du meine Puschen mit eingepackt?"

Udo sah Hella fragend an.

„Ja! Puschen, Socken, Unterwäsche, Schlafanzug – alles drin."

Schon gegen sieben fuhren sie los, denn sie waren sehr besorgt um die Gesundheit von Tochter und Enkeltochter. Nach gut einer Stunde schlug Udo vor, in aller Ruhe zu frühstücken.

Auch Hella hielt das für eine gute Idee. War es richtig, so überstürzt auf Tour zu gehen?

An der nächsten Raststätte hielt Udo an. Kaum hatte er vom Brötchen abgebissen, fiel ihm ein:

„Hast du meine Pill-Box eingepackt?"

Ja, Hella hatte. Seit einiger Zeit musste Udo schon morgens ein paar Tabletten schlucken. Hella sortierte die Wochenration Tabletten für ihren Udo in einen praktischen Spender.

„Pillbox – weißt du, woran ich mich dann erinnere?"

„Nein, aber du wirst es mir gleich erklären."

„Jacky Kennedy trug häufig eine Pillbox. Das war ein Hütchen ohne Krempe, das sie auf dem Hinterkopf trug. Ich fand das unwahrscheinlich schick. Meine Mutter hatte auch solch einen Hut, den sie aber auf dem Kopf trug, vielleicht etwas seitlich. Zur Beerdigung meiner Oma durfte ich als 17-Jährige Muttis Hut tragen. Ich war sicher, dass mich jeder damit bewundern würde, denn ich trug die Pillbox, genau wie Jacky, auf dem Hinterkopf. Heute bin ich sicher, dass es keiner der Trauergäste überhaupt zur Kenntnis genommen hat."

„Kennedy, mein Gott, wie lange ist das schon her!"

„ Es war im Sommer 63 als er mit Adenauer in Berlin auf dem Balkon des Schöneberger Rathauses stand und den legendären Satz sprach: ‚Ich bin ein Berliner.' Kurz danach endete Adenauers Amtszeit."

„Noch im selben Jahr wurde John F. Kennedy von einem Wahnsinnigen erschossen. Unglaublich!"

„Ich war bei der Arbeit im Fernmeldeamt, als uns die schreckliche Nachricht erreichte. Man wollte das einfach nicht wahrhaben."
„Es war November, als das schreckliche Attentat passierte, auf das wohl jeder fassungslos reagiert hat."

Im Autoradio wurde vor starken Stürmen und einer Sturmflut in den Küstengebieten gewarnt. Ausgerechnet jetzt, wo sie eine längere Fahrt vor sich hatten. Als sie wieder im Wagen saßen, fragte Udo:
„Erinnerst du dich noch an die große Sturmflut im Jahr 1962, bei der in Hamburg so viele Menschen ums Leben kamen?"
„Ja klar. Auch an die Heldentaten von Helmut Schmidt, der damals ziemlich eigenmächtig, aber zum Wohl der Betroffenen, gehandelt hat.
Damals hat es bei uns auch ordentlich gepustet. Ich hatte Tanzstunde und mein Partner Rolf begleitete mich nach Hause. Er hatte sich wohl in mich verknallt, aber ich mochte ihn überhaupt nicht. Sein Gesicht voller Akne ließ ihn nicht gerade anziehend wirken. Auf dem Weg plauderte er begeistert

von seiner Arbeit, vom Schweißen und Löten und so. Das interessierte mich nicht die Bohne, wie auch er selbst mich nicht interessierte. Aber bis zum Abtanzball musste ich das und ihn ertragen. Dafür hatte ich ein schickes weißes Kleid bekommen mit runden Ausschnitt, schmaler Taille und weitschwingendem Rock. Eine rote Blüte zierte das Oberteil.

Als wir unseren Angehörigen beim Abtanzball die erlernten Tanzkünste vorführen sollten, gaben wir unser bestes und waren ganz schön aufgeregt.

Dann passierte es und das nicht nur einmal: Rolf rannen die Schweißtropfen von der Stirn, mir direkt in den Ausschnitt. Igitt, wie habe ich mich geekelt!"

„Ach mein Schatz, hätte ich dich doch damals schon gekannt!"

„Es kam noch besser: Jahre später hörte ich, dass Rolf seine erste Tochter auf den Namen Hella taufen ließ. Er soll wohl noch lange von mir geschwärmt haben. Weißt du noch, dass wir einmal zusammen zum Weihnachtsball gegangen sind? Da waren unsere Kinder aber schon groß."

„Ja, wir waren doch mit unserer Kegelclique da."

„Und Rolf war auch da. Dauerte nicht lange, bis er mich entdeckte. Sympathisch war er mir immer noch nicht, auch wenn er nicht mehr pickelig im Gesicht war. Er forderte mich zum Tanzen auf, und ob du es glaubst oder nicht, wir hätten glatt bei ‚Let's dance' teilnehmen können. Wie ein eingespieltes Paar glitten wir über das Parkett. Als der Tanz vorbei war, hob er mich, eh ich mich versehen konnte, auf seine Arme und trug mich an die Bar."

„Als ich das sah, war ich rasend vor Eifersucht. Aber du hast mir gleich alles erklärt."

„Obwohl ich Rolf nie mochte, hätte ich ihm doch ein längeres Leben gewünscht. Er ist bestimmt schon vor zehn Jahren verstorben."

Aus dem Radio klang Harry Belafontes Banana Boat Song.

„Wie kann das sein, den hatten wir ja gar nicht auf dem Sender. Komisch, hatten wir ihn wohl beide schon vergessen, obwohl uns seine Lieder seit den 50ern begleiten."

„Oh ja: Coconut Woman und Island in the sun."

Nach einer kurzen Pause der Erinnerung an Rolf fing Hella wieder an:

„Hast du vorhin in der Raststätte das Pärchen gesehen, das links von uns saß?

Die haben die ganz Zeit über kein Wörtchen miteinander geredet."

„Ja, die sind mir auch aufgefallen. Vielleicht hatten sie Streit?"

„Nein, das glaube ich nicht, denn als der Mann am Nebentisch stolperte, lachten sie schadenfroh und tuschelten kurz. Aber gleich danach schauten beide wieder ins Leere und hatten sich wohl nichts zu sagen."

„Stark fand ich auch die beiden, die wir gestern gesehen haben. Wie alt sollten die gewesen sein? Ich schätze so Mitte fünfzig."

„Ach, du meinst die im Partnerlook? Mit den auffälligen rot-bunten Jacken?"

„Ja, genau die. Sie hatten das gleiche Fahrrad, die gleichen Schuhe und die gleichen Satteltaschen."

„Das war schon komisch. Sahen aus wie eine Einheit, aber sie schimpften sich lautstark wie die Kesselflicker. Da war wohl beiden eine Laus über die Leber gelaufen."

„Lass uns man so weiter machen, wie in den letzten fünfzig Jahren. Das war schon alles gut so."

„Kurz nahm Udo die Hand vom Lenkrad und drückte Hellas Hand ganz fest.

Schmunzelnd meinte er:

„Meistens!"

Christa Bohlmann
geb. 1945, verheiratet, Bankkauffrau
seit Jan. 2008 im Ruhestand

Alle Bücher erhältlich unter
www.bohlmann.jimdo.com
werden portofrei zugeschickt

Bereits veröffentlicht:
2000 **Erinnerungen**
      Heitere Schmunzelgeschichten aus den
      50er/60er-Jahren

2001 **Mixed-Pickles**
      Anekdotensammlung:Wirkliches,
      Erlauschtes. Erlebtes, Erdachtes

2002 **Kein Schatten ohne Licht**
      Diagnose Brustkrebs
      BoD ISBN 3-8311-4268-8

2003 **Die Buschs**
      Blicke hinter die Kulisse einer
      Kleinstadt-Idylle, Roman
      BoD ISBN 3-8311-4926-7

2005 **Kalle Korn**
Aus dem Leben eines Ermittlers,
Roman
BoD ISBN 3-8334-2589-X

2006 **Bad Meinberg – einmal anders
gesehen**
Fantastische Erzählung
BoD ISBN 9-783837-024462-3

2009 **Weihnachtliche Herzenswärmer**
Wahre und fantastische
Kurzgeschichten
BoD ISBN 9-783839-13269-2

2009 **Aufs Mäulchen geschaut**
Anekdotensammlung von Kindern für
Erwachsene
BoD ISBN 9-7838391-21337

2010 **Weihnachtliche Wintermärchen**
Fantastische Kurzgeschichten
BoD ISBN 9-783842-30652-3

2011 **Weihnachtliche Seelenschmeichler**
Fantastische Kurzgeschichten
BoD ISBN 9-783844-801804

2012 **Bella – mehr schwarz als weiß**
Roman
BoD ISBN 9-783844-801804

2013 **Weihnachtliche Plaudereien**
Weihnachtliche Kurzgeschichten
BoD ISBN 9-78732-281145

2014 **Bittersüß**
Roman
BoD ISBN 9-783735-770820

2014 **Bold is Wiehnachten**
plattdeutsche Weihnachtsgeschichten
BoD ISBN 9-783738-604139

2015 **Apfelgrün und blutrot**
Roman
BoD ISBN 9-783738-646627

2016 **Haarscharf**
Roman
BoD ISBN 9-783741-291227

2017 **Als Oma noch Kind war**
Erinnerungen an die 50-er,60-er Jahre
BoD ISBN 9-783746 001524